母の味、
だいたい伝授

阿川佐和子

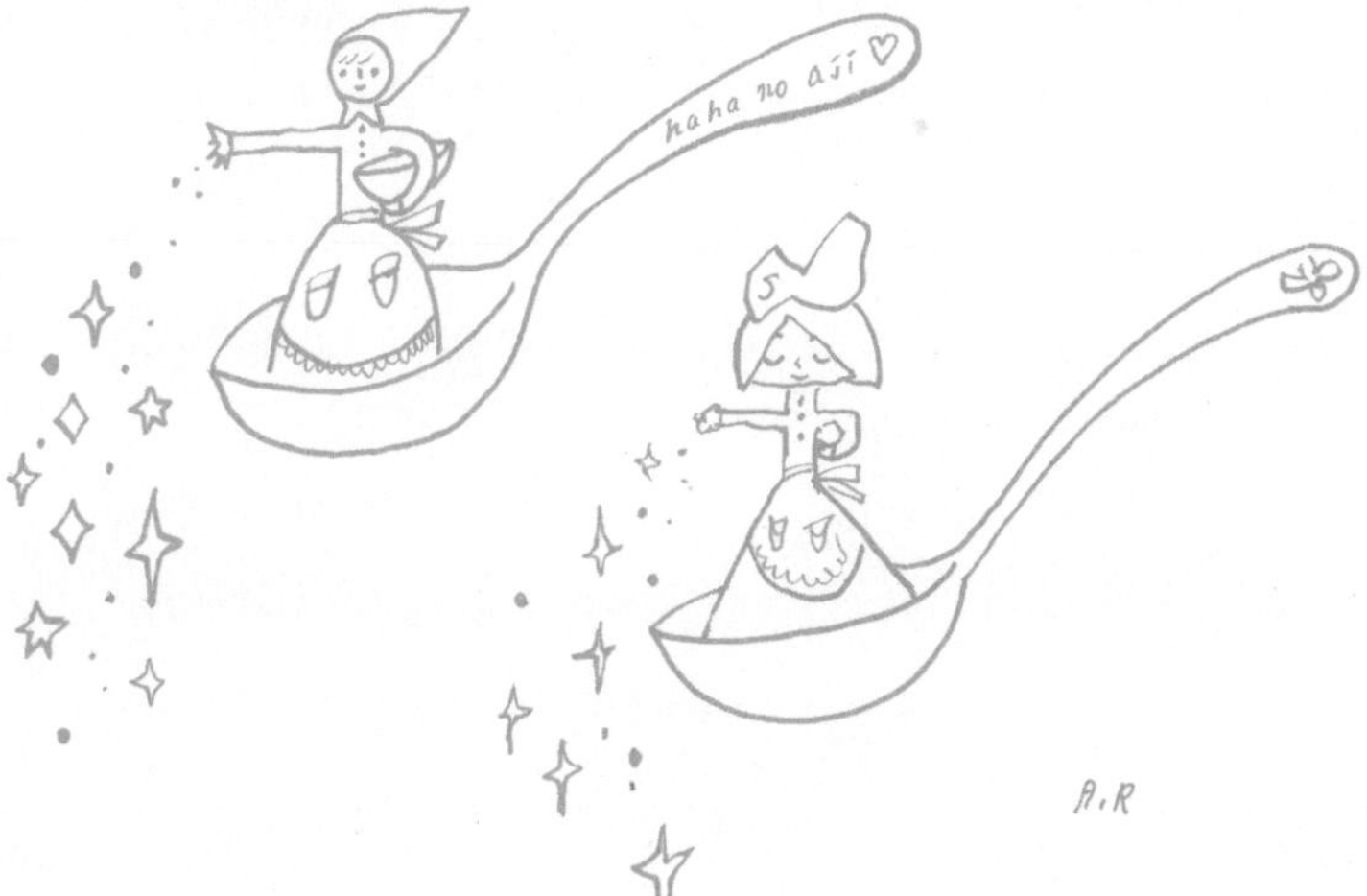

新潮社

母の味――ちょっと長いまえがき

　母が作ってくれた料理でいちばん好きだったものはなんだろう。クリームコロッケか鶏《とり》飯《めし》か。はたまたオックステールシチューかドライカレーか。かつぶし弁当も木須肉《ムースーロー》もおいしかった。そうだ、レモンライスというのもあったっけ……。決めがたい。

　私にとってクリームコロッケの最古の記憶は三歳に遡《さかのぼ》る。当時、我が家は神奈川県二宮にあった。両親はロックフェラー財団の招きによる一年間のアメリカ留学を終えて帰国した際、住む家がなかったため、知人の紹介で二宮の木造平屋を借りることにした。すでに幼い子供が二人いたが、アメリカには連れていかず、広島の兄夫婦の家に預けていた。その子供二人、すなわち私と二歳年上の兄を広島から引き取って、親子四人の新たな生活が二宮で始まったのは昭和三十一年のことである。

　広島の伯父伯母には子供がなかったので、夫婦は私と兄のことを実の子供のように可愛がってくれた。おかげで私は広島の生活をぞんぶんに楽しんで、父母のことなどケロリと忘れ、ずいぶんとわがままな娘に育っていた。

後年、父がよくこぼしたものである。

「二宮の家でお前を抱っこして庭に連れ出し、『ほら、チョウチョが飛んでるよ』って言うと、『広島にも飛んでた』とむくれた顔でボソッと答えるんだ。何かというと広島に帰りたい、広島のおばちゃんに会いたいと言って、閉口したよ」

親になつかぬ娘が悪かったように父は言うけれど、実際、私は二歳から三歳という記憶力と感性の醸造においてまことに大事な時期を親元から離されていたのである。物心つくかつかぬかの赤子にもっぱらエサと安心を与えてくれたのは伯母だった。その伯母を恋しいと思うのは生き物としての本能のなせる業であろう。被害者は私であるぞよ、ぷんぷん。

まあ、こうして広島暮らしを懐かしく思いながらも少しずつ二宮の両親との生活に慣れ始めた頃のこと、事件は起きた。

外から戻った私が玄関の引き戸を開けると、廊下の突き当たりにある台所の床に座り込み、コロッケを握っている母の姿を見つけた。母は板の間に新聞紙を広げ、炒めたひき肉とホワイトソースを混ぜ合わせてかためたコロッケに粉をまぶし、卵をからめ、パン粉をつけて成形している最中だった。

当時の私は、人のやっていることはなんでもしたい性格だった。玄関の鍵穴に母が鍵を突っ込むや、「佐和子がやる！」と叫んで母から鍵をもぎ取ったり、兄がドアを開けようとすると、後ろから、「佐和子が開ける！」と兄を押しのけてドアの取っ手に突進したり、なにしろなんでもやってみたい年頃だったのだ。

そんな具合であるから、母の台所仕事はすべて真似してみたかった。コロッケにパン粉をつけるという作業はまさにやってみたいランキングの上位に位置する。

私は急いで靴を脱ぎ、長い廊下を全速力で駆け出した。二宮の家は、貧乏作家の住まいにしては広く、廊下も長かった。三歳の私にとってはそれなりの距離がある。突っ走って台所が近づいてもスピードは加速中。どのあたりで減速するべきか、まだ要領を得ていなかった。気づいたときは遅かった。勢い余って母の元へ突っ込んだ。同時に、新聞紙の上に並んでいた俵型のコロッケのほとんどを足で踏みつぶしてしまったのである。

そのあと、父や母にこっぴどく叱られたか、コロッケの行く末がどうなったか、ちっとも記憶にない。ただ、コロッケがぐちゃりと潰れ、足の裏がべとべとになり、とんでもないことをしてしまったと思った瞬間の恐怖の感覚と、板の間の冷たい感触は、あれから七十年近く経った今でも覚えているから不思議である。

いずれにしても、母は当時すでにあのコロッケを家で作っていたということだ。昭和三十年代の初めに、よくあんな洒落た洋食を家で出していたと、今さらながら感心する。

このクリームコロッケの作り方に関しては以前に書いた気がするので割愛するけれど、そのコロッケ作りに自分でも何度か挑戦したものの、いっこうにあの味を蘇《よみがえ》らせることはできない。

母が認知症になったあと、ふと思い立って頼んだことがある。

「ねえねえ、母さんのクリームコロッケが食べたいなあ。作ってくれない？」

問いかけると、母は驚いた顔をして、

「コロッケ？　作ったっけ？」

「なに言ってるの。得意だったじゃない。私が作ってもうまくいかないのよ」

認知症のリハビリになるかもしれないという気持もあった。が、それ以前に、母の味をもう一度、食してみたかった。

母はちょっと考えるふりをして、

「あれ、面倒くさいのよ」

「手伝うからさ。食べたいなあ」

すると母は最後に笑って、こう言った。

「私は別に食べたくない」

コロッケの話はこれで、終わった。

母はおにぎりを握るときも、クリームコロッケと同じような俵型にする。大きさもだいたい同じ。長さ六センチ、高さ三センチほどだ。母の手のひらには絶対音感ならぬ絶対俵型感が刻印されているのかもしれない。

何でも真似したい私は、子供の頃は母に倣って俵のかたちに握っていた。が、親元を離れ、自分で握るようになると、いつしか三角のほうが手に馴染むような気がして、もっぱら三角にぎりしか作らなくなった。これを親離れというのか。

母のおにぎりが、他のおにぎりと比べて格別おいしかったかどうかはわからない。中に詰められているのは、たいがい梅干しだった。鮭やタラコを入れて握るようになったのは、ずっとあとのことである。しかし、鮮明に覚えているのは、小学四年生頃の夏のこと。プールで遊んで帰ってきたとき、母が昼ご飯におにぎりを用意してくれていた。ひとかじりした瞬間、こんなにおいしいものは他にないと確信した記憶がある。さんざん泳いでお腹が空いていたせいもある。それにしても格別においしく感じた。

「母さんのおにぎりはおいしいよ！」

そんな話をした折、父が言った。

「そりゃお前、おにぎりには母さんの手の汗とかいろんな菌が混ざるから、それがうまさになるんだ」

私はそれを汚いと思うことはなく、まことにそうであろうと納得した。

糠《ぬか》漬けもしかりである。母が茄子を漬け込むと、見事な茄子色に輝いて、しかも酸味と塩味の具合がいい。ところが同じ糠床に私が茄子を漬けると、どういうわけか色がまばらに褪《あ》せ、光り輝かない上に、味がぼんやりする。母の手と私の手のひらの「おいしい菌」が異なるのではないか。

とはいえ、母は父のもとに嫁ぐ以前、実家では料理をほとんどしていなかったらしい。あるとき、それを知って私は仰天した。

母は五人きょうだいの末っ子で、姉が一人いたせいか、さほど台所仕事を手伝わなくても叱られなかったという。母の母、つまり母方の祖母は後妻だったが、末っ子の母をこよなく可愛がってくれたようで、裕福な家庭でもないのに、母は暢気《のんき》に育ったようだ。

対する私はどうしたことか。物心ついた頃からずっと母の料理の手伝いをさせられた。なんでもやりたがる性格が災いしたせいもある。加えて、台所は私にとってシェルターだった。台所で母の手伝いをしていれば、癇癪《かんしゃく》持ちの父の機嫌が悪くならないことを知っていた。父は食い意地が張っていたから、母娘が心を一つにして食事の支度をすることを望んでいた。おかげで私は小学生の頃から米を研ぎ、糠味噌をかき混ぜ（上手ではなかったが）、父の酒の肴を作ることに知恵を絞った。それなのに、ああ、それなのに、母自身は結婚するまで「あんまり台所では働かなかったのよ」と平然とのたまった。

しかし、母は結婚してから俄然《がぜん》奮闘した。食べることが人生最大の関心事であった父が、結婚するまでは陽気だった（と母の証言）のに、所帯を持った途端、一食たりとも不味いものは食いたくないと母を脅迫し、気に入らないときは眉間《みけん》に皺《しわ》を寄せて憤慨した。母は料理本を漁り、知人からおいしい料理の作り方を教わり、父が「旨い！」と唸る料理を作るため、日夜精進した。

父のもとへ嫁ぐとき、母は実家から一冊の古い料理本を持参した。村井弦斎著『食道《しょくどう》楽《らく》』という、料理本とも小説とも判別しがたい明治の名著であるらしい。その本を頼りに母は珍しい西洋料理の作り方を学んだようだ。オックステールシチューもその一つであった。

その話は伝え聞いていたものの、実は私はその本を見た記憶がない。母が亡くなったあと、実家の片付けをしていた弟から、「姉ちゃん、例の本、見つけたよ。『サワコ』と書いた段ボール箱に突っ込んでおいた」と連絡を受けた。もし「あの本」があったら取って置いてねと、かねてより弟に頼んでおいたのである。後日、いそいそと実家に出向き、母の残した着物の数々や懐かしいアクセサリー、もはや使うことはなかろうと思いつつ捨てるには忍びないあれこれを車いっぱいに詰め込んで自宅へ持ち帰った。

さて大量に持ち込んだ段ボール箱の中から例の本を探したが見当たらない。弟に連絡すると、え、ない？　おかしいな、たしかに入れたはずだけど。どこかで行き違ったか。あるいは私が持ち帰るべき箱を間違えて、そのまま「処分箱」に分類されてしまったか。縁がなかったということと諦めた。

亡き母の部屋を整理したとき、私はもう一つ、手に入れたいものがあった。母の料理ノートである。父が「旨い」と太鼓判を押した料理や家族に評判がよかったおかず、自分が気に入ったレシピなどを母はそのノートに記録していた。そして、献立を決めあぐねたときに開いてはヒントを得ていたものである。子供の頃、私は母の横に座ってノートを覗き、「レモンライスが食べたいよ」などとよくせがんだのを覚えている。そのノートも結局、見つけることは叶わなかった。

ノートの代わりに持ち帰ったのは、母が長年にわたり切り抜いていた婦人雑誌や新聞の料理記事である。すでに黄ばんだ写真付きレシピには、監修者として飯田深雪、酒井佐和子、土井勝、小川順などの懐かしい名が明記されている。地道に集めたレシピも参考にしながら、母は切磋琢磨していたのであろう。

切り抜きレシピはさておき、母の料理ノートも嫁入り道具の『食道楽』も雲散霧消した。加えて母の手のひらから発せられる汗や「おいしい菌」がない今となっては、味を引き継ぐにもおぼろげな記憶にたよって「だいたいこんな感じ？」と思う程度にしか再現できない。まあ、それも伝承の妙味と納得するか。

母の味、だいたい伝授●目次

母の味、だいたい伝授

飯炊き蟄居《ちっきょ》

前代未聞の世界的な危機に直面し、たくさんの人々が精神的にも肉体的にも、そして経済的にもただならぬ苦難と戦っているこの時期に、このようなことを申し上げるのは、はなはだ不謹慎な気もするのですが……、

太った。

なにゆえ太ったか。

ずっと家にいて、毎日しっかり三度の食事をし、ろくに身体を動かすこともせず、外に出かける機会はめっきり減って、食っちゃ寝生活を続けているせいにちがいない。

もともと私は一日二食派である。

こういうことを公言すると、たちまち周辺各位から、「なーに言ってんの、食べてるくせに」と笑われそうなので言いにくいが、少なくとも数年前までは朝昼兼用ご飯と夕食だけの一日二食派であった。いや、一日二食のことが多かった。ときどきゴルフ場で昼ご飯を食べるときもあったが……と、だんだん弱気になる。

話は逸《そ》れるが、それこそ私の父がそうであった。

「私はね、一日二食しか食べないものでね」

したり顔で吹聴している父の姿を私は何度も目撃した。そのたびに、「なーに言ってんだか。けっこうお昼ご飯食べてるじゃん」と、口には出さねど心で何度も突っ込んだものである。まして後年、心臓病などの薬を常用するようになって以降、毎食後に服用するノルマを守るため、昼どきになると、

「おい、何か食べさせてくれないと困るんだよ。薬を飲まなきゃならんのだから。お前、ちゃんとしてくれよ！」

眉間に皺を寄せて母を責めていた。が、そういう日常になってなお、対外的なところで父は相変わらず、「僕は一日二食しか食べないんですよ」と言うのである。なぜだろうかと私は長らく不思議に思っていたが、今になると少し、わかる。

昼ご飯を食べてしまうとお腹が重くなり、大好きな晩ご飯のときに清々《すがすが》しい胃構え心構えで食卓に臨めなくなってしまう。心の底から、「ああ、おいしい！」と思えなくなる。だからできれば昼ご飯は食べたくない。食べないことを基本理念として生きていたい。その希望的指針を自らに知らしめるためにも、「昼飯は抜く主義だ」と周囲に強調しておくのである。父の本心はさておき、私は我が身を分析してみるに、そういう心理状況なのだと推察している。

一人暮らしのうちはまだその指針を貫くことができた。朝、急いで出かけるときは当然のごとく朝食をカットしてお茶かコーヒー一杯ぐらいで済ませ、昼前ぐらいに軽くサンドイッチとかおにぎりを口に入れ、そして思い切りお腹の空いた夕刻、満を持して晩ご飯に向かう。お腹が空っぽのときに、「さて、今夜は何を食べようか」と考えることこそが、健康の証《あかし》というものだ。それが健康的食生活と言えるのかどうかはさておいて、精神的満足感は極めて高かった。

たまに仕事の終わりが遅くなり、晩ご飯を食べそびれることがある。もちろん空腹であるので、たいていの場合は、「身体に良くない」と認識しつつ、遅い夕食を摂ることになる。しかし、たまにたまーに自制心が働いて、帰宅したのち、「よし、今日は何も食べずに寝よう！」と心を鬼にして床につくと、翌朝、なんとも目覚めがいい。その勢いで体重計に乗る。すると、だいたい一キロぐらいは数値が減っている。これはまちがいなく身体にいい。だからまた実行するぞ！　と、いつも念頭に置きつつ、なかなか実行できないのが現実である。

いずれにしても、かくのごとき不規則な節制やときおりの調整を、一人暮らしの間は自分勝手に行うことができた。しかし、共同生活を始めてみると、なかなか困難になるのだ。共同生活自体はありがたいことである。わがままを押し通すことができないから、むしろ規則正しい食生活を送るようになった。

朝、起きる。するとさっそく、「今日はパンにする？　それとも納豆ご飯にする？」と質問してくる相方がいる。それに対し、「朝ご飯は食べません！」と反発するほど強い妻ではない、案外ね。そしてパンにするとなれば、トースト以外になにかおかずをつけなければと思う甲斐甲斐しい妻である。サラダ、玉子料理、ソーセージ、ジャム、ピーナッツバターなど、なにくれとなくパンの横に用意する。納豆ご飯の場合もしかりである。「納豆ご飯だけでいいんだよ」と相方は言ってくれるけれど、それでは可哀想と思う健気《けなげ》な妻である。だから、野菜、お味噌汁、前夜の残り物惣菜を並べ、そして食卓につき、一緒に食す。

「ああ、たっぷり食べたぞ」

お腹をさすりながらパソコンに向かってしばらく原稿書きに専念していると、私の書斎の扉が開いて、

「昼、どうする？」

相方がにっこり笑って立っている。

「えーーーーー、さっき食べたばっかりだろうが！」

私は眉間に皺を寄せる。

今こそ、世の人々に問いたい。そもそも朝ご飯と昼ご飯の間が、ほんの三、四時間しかないのに、それでも食べることを規則正しい食生活と言えるのか。

不機嫌そうな妻の顔を確認し、「いいよいいよ、自分で作る」と相方が一人、冷蔵庫の前でごそごそ動き出す。それを黙って見過ごすわけにはいかなくなる思いやりのある妻である。書斎から出て、冷蔵庫を見渡し、何があるかを確認し、スパゲッティを作ったりきつねうどんを作ったり、炒飯を作ったりする。作ってみれば、我ながら「おいしそう」と思う。だから、「一口だけ」と言いつつ、結局、相方とともにたんまり食する。

そして晩ご飯。仕事をして疲れて帰ってくると、「いいよいいよ。今日は外で食べようよ」と言ってくれる相方ではあるが、毎回、そういうわけにはいかないので、「いえいえ、今日は私が作る！」と頑張る妻である。ただしかし、決して毎日作るわけではない。「作るよ！」と言いながら、甘言につられやすい妻でもある。

ところがだ。この地球規模の窮地に陥って以来、当然のことながら蟄居の生活が始まった。一食たりとも逃れる場所がなくなった。

朝、昼、晩。人はなぜ一日三食食べなければならないのだろうかと思案する毎日だ。専業主婦はなんと偉いのかと再認識し、改めて尊敬の念を抱く。くまなく三食、もれなく三食。いや、こうなると、作る労力もさることながら、寝ても覚めても献立を考えている自分がいることに気がついた。

たとえば数日前に芋煮汁を作った。今どきはネットで検索するとレシピが山のように出てくるので便利だ。当初、豚汁を作るつもりだったが、牛肉の薄切りを長らく冷凍庫で保存してあったのを思い出し、「そうか、牛肉を入れれば芋煮汁になるな」と思い直した次第。ネットレシピによると、芋煮汁には、牛肉の他、里芋、ごぼう、長ネギ、コンニャクぐらいしか入れないと書かれていたが、豚汁用にニンジンも大根も買ってある。まあ、加えて合わないことはないだろう。そう思って切り刻んでいるうちに、なかなか大量になった。二人分とは思えない。とはいえ、芋煮汁とご飯だけでは寂しい。

副食のメインに用意していたのは鯛の刺身である。スーパーでおいしそうな真鯛の柵《さく》を一本、贅沢に買っておいた。まずはこれを、美しくとはいかないが、そぎ切りにして出す。もったいないから半分ぐらい。あとはインゲンを斜め切りにしてサラダにする。もやしもあったが、そろそろ使わないと傷むな。でもインゲンのサラダがあるので、もやしをサラダにすると重なるか。とりあえずもやしは茹《ゆ》でるだけ茹でておこう。

少し洋風の惣菜はないかしら。コーンスープを作ろうか。いやいや、だから汁物は芋煮汁だよ。そうでした。他になにかクリーミーなおかずは……。お隣からいただいたタケノコをバターでソテーして、生クリームをかけてみよう。以前、レストランで食べたのを思い出す。そういえば生クリーム、まだ大丈夫かな。少し固まっているけど腐ってはいない。

こうしてその晩は滞りなく終わったが、その翌日。芋煮汁を作る際、材料として切り刻んだ野菜類とコンニャクが目に入る。

「そうだ、この野菜類とコンニャクを煮込んだら、炊き込みご飯になるぞ！」

我ながら名案と思い、そこへ鶏肉も入れて、出汁《だし》でご飯を炊き、炊き上がったご飯に具材をたっぷり混ぜ込んだ。上出来だ。ただ、ここでまたおかずの問題が浮上する。炊き込みご飯と、前夜の残りの芋煮汁を出したら、胃袋はごぼうとニンジンとコンニャクだらけになりそうだ。他のものを考えなければなるまい。炊き込みご飯に合うおかずはなんだろう。まずは前日に出しそびれたもやしでサラダを作る。実は鯛の刺身の残り分をそぎ切りにして塩を振り、昆布で締めておいたのだ。賢い妻である。でもほんの数枚しかない。足りないか。

あとは肉が欲しい気分かもしれない。炊き込みご飯に鶏肉が入ってはいるものの、「肉！」を食べた感はないだろう。そういえば冷凍庫に前の週に作ったキャベツ巻きの残りの餡を保存してあった。それを使って餃子を作ろう。味付けは違うかもしれないが、ひき肉に変わりはない。皮がキャベツから小麦粉に変わっただけのことだ。たしかに難なく餃子ができたが、餡を使い切ったら皮が残った。これを次回はなにに有効活用させようか。

献立作りはまるでリレーのようである。残った惣菜や材料のバトンを受け止めて、変形させ、新たな料理に生まれ変わらせる。同時に料理と料理の相性を考えて、箸の動きを促進させるよう工夫する。それでも惣菜は残る。芋煮汁はもはや火にかかって本日四日目を迎えた。じゅうぶんに煮詰まっている。もう飽きた。しかし、捨てるには忍びない。そこで、味噌を加えて昼ご飯に食べる。豚汁のような芋煮汁になった。ご飯は炊き込み。秘書アヤヤにも無理やり勧める。しかしなお、炊き込みご飯は残っている。今夜は炊き込みご飯と、あとは何にしよう……。

残り物と献立作りに追われて朝、昼、晩。こうして私は着々と太りつつある。太りながら次の献立を考える。寝ても覚めても。明けても暮れても。いや、暮れる前に。

生ハム濃厚接触事件

やや旧聞に属するが、世の中をまだ勝手気ままに動き回ることのできた時代の話である。東海林さだおさんと対談をし、その折、「仲間がまた東海林さんとお会いしたいと言ってます」とお伝えした。

仲間とは、年に一、二回、集まってはおいしいご飯を食べる間柄の、レキシの池ちゃん、タブラー叩きのユザーン、ホフディランの小宮山雄飛君、芥川賞作家の村田沙耶香さん、イラストレーターの南伸坊さんである。他にも直木賞作家の西加奈子女史がいるが、過日カナダに二年間の移住を決めて海を渡ってしまったので参加不可。元イー・ガールズのミオちゃんも仲間だが、出産のためお里に帰っているのでこちらもしばらく参加不可。さらに不定期に加わる仲間がいるが、全員の名前を挙げているとキリがないのでやめておきます。

で、アガワがなんでそんな若くて才能豊かな人々と親密な関係なのかと問われると、これを説明するのも長くなるので割愛する。とにかく私にとっては貴重かつかけがえのないこのメンバーと時折、安くておいしいエスニック料理を食べながら、ひたすらアホな話で盛り上がるのを楽しみにしてきたのだが、あるとき、そこへ東海林さだおさんをお招きした。ユザーンが「東海林さんに会いたい」と言ったからである。お誘いしたところ、最初、東海林さんは電話口にて、

「誰か急なキャンセルが出たの？」

疑ぐり深そうな声を発しておられたのだが、

「いえ、まったく違います。是非来ていただきたいのです」

きっぱり申し上げると、

「じゃ、行く！」

こうして東海林さんを囲み、その晩はタイ風しゃぶしゃぶのお店に集まった。その場にてユザーンが自己紹介がてら、

「僕、生涯でたった一度しかサイン会ってものに行ったことがないのですが、小学生のとき、初めてサインをいただいたのが、東海林さんなんです」

強烈なファンアピールをしてみせた。すると驚いたことに、それを受けた東海林さん、

「僕、生涯でたった一度しか、サイン会ってものをしたことがないの」

こうして運命的とも言える互いの愛はさらに深まって、他のメンバーも大喜びして盛り上がり、最後には、また東海林さん、お会いしたいです、また誘ってねと、固いちぎりを

交わして別れたのだが、まもなくのち、東海林さんがガンを発症されたという報が届く。

大丈夫かしらと心配して数年後、すっかり元気を回復された東海林さんと対談した私が、待ってましたとばかり仲間を代表して冒頭のメッセージをお伝えしたところ、

「ウチの事務所で小さなパーティする？」

「うわ、それはすごい。料理は私たちが持ち寄って、長居せずに退散します」

申し上げると、

「じゃ、僕が生ハムを買っておく。去年、お肉屋さんで一本買って、ちびちび食べたんだけど、なかなか楽しめたから」

生ハム一本？　ということはつまり、豚のモモ一本分ということですか？　個人で購入できるんですか。驚きつつも、ならば生ハムに合うおかずやお酒を持ち込もうと、仲間ともどもそのつもりで待機していたところ、ある日、東海林さんからお電話をいただいた。

「楽しみにしていたんだけど、ちょうどその日に検査入院しなきゃならなくなったので、今回は申し訳ない。でも生ハムは買ってあるので、これからアガワさんのお宅に届けますから、みんなで食べてください」

お気持はありがたいけれど、それより東海林さんの身体が心配だ。結果から申し上げると、検査入院は短期のことでまもなく無事に退院と相成ったので安心した。しかし問題は、ウチに届くことになった生ハムである。

どうする？

東海林さん抜きで集まって、生ハム会議を開催した。すると、ミュージシャンでありながらカレー研究家としても有名な小宮山君が勢いよく発言。

「それ、大変ですよ。個人の家で一本、生ハムを制覇するのは容易ではありません！」

なぜそんなことを知っているかというと、

「実は僕のところに生ハムのかたまりが一本届いたことがあるんです」

「誰から？」

「最初はわからなくて。でも、よくよく考えたら、僕が酔った勢いで、自分でネット注文してたんですね」

そのドジ話はさておいて、小宮山君曰く、

「生ハム一本は半端な量ではない。毎日食べ続けても何年かかるかわからない。しかも、大きいから冷蔵庫に入らない。外に置いておくとたちまちカビが生える。分割しようとしてもシロウトでは切れない」

「ならばお肉屋さんにお願いしたら？」

「そんな親切なお肉屋さん、いないでしょう」

「じゃ、どうするの？」

「今からでも遅くない。東海林さんに、受け取れませんと言ったら？」

「そんな失礼なこと言えませんよ。せっかく届けてくださるとおっしゃってるのに」

「じゃ、届かないようにしよう」

「どうやって？」

「嘘の住所を教えるとか」

「すぐバレるでしょう」

さまざまな意見が飛び交って、ラチのあかない討議を重ねるうちに、いよいよ我が家に立派な生ハム一本が到着した。

長さ九十センチ、高さ五十センチ近くはあろうとおぼしき肉のかたまりである。東海林さん、ご親切にその生ハムを吊しておく台まで送ってくださった。飾るにはお洒落だが、たしかにこれを冷蔵庫に入れないまま外に放置していたら、どんどんカビが生えて、肉カビ標本の展示物と化すであろう。

肉のかたまりを横目にして二日目。とうとう私は意を決し、親しくしているビストロのシェフに電話する。

「あのー、実は訳あってウチに生ハムのかたまりがあるんですが、これをいくつかに解体分割してくださるなんてことは、お願いできませんかね？」

遠慮がちに申し出ると、気のいいシェフは、

「いいっすよ。すぐ持ってきてください！」

みじんも迷惑そうな気配なく、快く引き受けてくださった。

こうして私はすぐさまその店へ巨大な生ハムを運び込み、後日、仲間ともども生ハム解体ショー見学会ならびに試食会を催すことにした。

まずは軽くシャンパンなんぞで乾杯しながら、一切れ二切れ、三切れ四切れの試食会。

「うん、旨い！」

「ホントにおいしいねえ！」

感嘆の声は、その日、都合のついたユザーン、池ちゃん、沙耶香嬢と私の四人から次々に発せられた。

それにしても読者の皆様にお見せしたかった。その解体ショーの見事だったこと。さすがにプロである。先の尖ったペティナイフと長いナイフを器用に使い分けながら、白い脂の分厚い部分を取り除き、太い骨を上手に避けつつ、赤く美しい肉をみるみる切り分けていく手さばきの素晴らしさ。あれよあれよという間に巨大なかたまりは子供用ラグビーボールほどの大きさに分割されていき、手際よくラップに包まれて、

「はい！　あとは骨のかたまり二つね」

シェフに差し出され、一つはシェフに、残るかたまりを四人で「どうぞ、どうぞ」と譲り合いつつ、いちばんおいしそうな部位はどれかなと入念な吟味の末に選び取り、それぞれ自らの紙袋に入れる。そして残った骨のかたまりを、「これはアガワさん、持っていけ

ば？　あと、雄飛君の分と伸坊さんの分、預かって」と、私は結局、小さいラグビーボールを三つと骨つき二つを抱えて家に帰り、さっそく冷蔵庫と冷凍庫に分けて保存する。

数日後、小宮山雄飛君は小生ハムを受け取りに来てくださったから助かったが、実は伸坊さんの分をまだお渡しできないままでいる。だってまもなくコロナ騒動が発生して、なかなか会えない身となってしまったんですものね。そのかわり、ウチご飯を作る機会が増えたおかげで骨付きハムを一本、調理した。

骨ごと深鍋に入れてコトコト煮込んでスープを取り、そこへ一晩水で戻した白インゲン、ざく切りにした玉ねぎ、セロリ、トマト、ハーブ、ニンニクなどを加え、それはおいしくも濃厚なる豆スープを完成させたぞ。最後は骨の内側から滲み出る髄までしゃぶりつくし、堪能してなお、残ったスープを芋煮汁の残りと合わせ、アガワ得意の「何が入っているかわからない、怪しくて危なくて怖いけれど、なぜかおいしいカレー」に仕立ててあげた。

しかし今になるとつくづく思う。もしくだんのシェフが請け負ってくれなかったら、私はあの生ハムと対峙して、蟄居の日々にどうなっていたことか。東海林さんは、いかにしてあの巨大な肉のかたまりと一年間、無事に過ごしていらしたのであろう。謎だ。もしかしてどでかい冷蔵庫をお持ちなのかしら。それとも鋭利なナイフを使って自ら解体なさる技を人知れず習得なさっておられるか。

伺う機会を逸しているが、いつかまた生ハムパーティを開催できる日がきたら、生ハムをかじりながらじっくり伺いたいものだ。

改めて、この場を借りて感謝の意を伝えたい。東海林さん、人生でめったに経験できない生ハム濃厚接触の機会を与えてくださって、まことにありがとうございました。あれから三ヶ月あまり、未だにちびちび、薄く切りながら楽しんでおります。そして伸坊さん、伸坊さんの分は冷凍庫にてしっかり保管してありますので、ご安心ください！

献立楽屋

こう毎日毎食、ご飯を作らなければならない生活を続けていると、朝、ベッドを出る前から献立のことで頭がいっぱいになる。目を閉じたまま、冷蔵庫に何があったかを思い浮かべ、どの野菜から使うべきか、冷凍庫に何の肉や魚介類を保存していたかを瞼の奥でチェックする。前夜の残りの惣菜をそのまま食卓に並べるわけにもいくまい。となれば、どう残り物を加工できるか考えよう。あと何を買い足すと、何を作ることができるだろう。あるいは残った惣菜をそのまま食卓に出したとして、新たにどんな料理を加えたら手抜き感を薄められるだろうか。いやいや、残り物はいったん置いといて、思い切ってまったく違うメニューにしようか。しばらく作っていないもので過去に好評だった献立はなんだっけ……。

父は朝ご飯を食べている最中に、私と母の顔を覗き込み、「今夜は何を食わせてくれるんだ？」と聞くのが常であった。朝から晩ご飯のことを考えなきゃいけないなんて勘弁してほしい。私は母とこっそり顔を見合わせて、やれやれという表情を浮かべたものである。

そんな父に辟易《へきえき》していたはずの私が、朝、パンをかじる亭主に向かって質問する。

「今夜、なに食べたい？」

すると先方はかすかに眉をひそめて返答するのだ。

「今、お腹いっぱいで思いつかないよ」

そして昼が近づくと、「昨日の残りのニラ豚と麻婆茄子をご飯にぶっかけて食べようかな」と冷蔵庫を開けようとする。その姿を目にするや、私はすばやく駆け寄って、

「ちょっと待ったああ！」

冷蔵庫の前に立ちはだかる。

「それを昼に食べられてしまったら、夜の献立が二品、減っちゃうんだよぉ」

悲壮感を漂わせながら私は叫ぶ。すると相方は私の剣幕に恐れおののいたか、

「わかった。じゃ、お茶漬けでも食べます」

すごすご退散するのだが、それもなんとなく気の毒な気がしてくる。

「いいよいいよ。ニラ豚と麻婆茄子、食べちゃってください。夜は夜で考える」

こうしてまた私は、頭を抱えることになる。

「そうなんですよ！」と共感してくれたのは、いつも仕事でお世話になっているメイキャップ担当のマイちゃんだ。マイちゃんも仕事をしながら、二人の幼い子供と亭主殿を抱える主婦である。

「献立を決めるの大変ですよねえ。作ること自体はさほど苦にならないんですけどねえ」

「そうなのよねえ。献立がねえ……」

こうして我々、「一家のおさんどん係」は、テレビ局の楽屋で顔を合わせるたびに献立交換をするようになった。

「昨日はハンバーグとマカロニサラダと胡瓜《きゅうり》と塩昆布の和え物……」

「昨日、お宅は何を作ったの？」

「胡瓜と塩昆布？」

「胡瓜を塩もみして塩昆布と胡麻油で和えるだけ。おいしいですよ」

ほほお。それは簡単でおいしそうだ。胡瓜と言えば、干し椎茸と白胡麻ペーストとお砂糖、醤油ちょっとで和えることはあると私が言えば、「おお、それもおいしそうですね」とマイちゃん。一つヒントをもらうと自分が久しく作っていなかったレシピを思い出す。

ある日、スタイリストのゆりちゃんが、衣装の用意をしながら訊ねてきた。

「東坡肉《トンポーロー》って、作るの難しいですか？」

私は鏡に向かってマイちゃんにメイクをしてもらいながら答える。

「圧力鍋があると簡単よ」

「圧力鍋、あります」

実は我が家でも東坡肉を作ろうかとスーパーで豚肉のブロックを買い置きしておいた。

ちょうど数日前に冷凍庫から取り出して、まな板の上に置き、カチンカチンになった豚のかたまりを睨みつけたところである。

ここで奮起して東坡肉作りに乗り出すことができないわけではない。しかし、圧力鍋を使えば簡単とはいえ、それなりに手間と時間はかかる。まず重い圧力鍋を棚から取り出す作業から始まる。前回は最初に豚のブロックを圧力鍋に投入し、短時間で茹でたあと砂糖と醤油で煮込んで「大成功！」と狂喜した覚えがあるけれど、その後ネットで検索してみると、先にフライパンで焼き、表面に焼き色をつけてから煮込むとおいしくなると書かれていた。なるほどその作り方だと、外はカリカリ、中トロトロの出来になりそうだ。でもひと手間増える。原稿の締め切りが迫っていた。あまり料理に手をかけている余裕はない。

私は急遽、東坡肉作りを断念し、豚のブロックを深鍋に入れ、上から水をたっぷり差し、生姜、長ねぎ、ニンニクのかけらと八角《はっかく》を放り込んで火にかけた。最初は強火、沸騰したら弱火にし、そのまま放っておけばおのずと茹で豚になる。こんな簡単な料理はない。

「私も東坡肉を作ろうと思って豚のブロック買ったんだけど、茹で豚に変身させちゃった」

そう言うと、メイクのマイちゃん、

「ああ、茹で豚もいいですねえ」

「簡単なのよ。あまり煮すぎるとパサパサになるから、切って中がピンク色ぐらいのところで取り出して、薄切りにする。大皿に並べ、白髪ねぎと胡瓜の千切りなんぞを添えて、タレには醬油とニンニク、生姜、長ねぎのみじん切り、香菜《シャンツァイ》、豆板醬、胡麻油、酢を加えて。あと、残った煮汁に大根と香菜入れればスープが出来上がり。茹で豚は楽よぉ」

「なんか食べたくなってきちゃった」

マイちゃんがメイクの手を止めてニヤニヤ顔で考え込んだ。

数日後、再び仕事場で彼女たちと再会するや、ゆりちゃんが、

「作りました、東坡肉！　大好評でした。トロットロにできて、八角と花椒《かしょう》と五香粉《ごこうふん》も入れたら香りがよくて、すっごくおいしかった！」

ゆりちゃんの話を聞いているうちに、そうか次回は東坡肉に挑戦しようという気持が再燃してきた。すると隣でマイちゃんが、

「私はあの翌日、茹で豚を作りましたよ。ウチも好評でした」

それからひとしきり、豚肉料理の話で盛り上がり、豚の生姜焼きもいいですねえ。困ったときは豚しゃぶだなあ、ウチは。厚切りの豚を玉ねぎとソテーして、煮リンゴを添えて出したらおいしかったよ。トンカツはあんまり作らないかなあ。なんてあれこれ話していると、献立話の花がどんどん広がっていく。

「アガワさん、揚げ物はやらないですか」

別の日、もう一人の仲良しスタイリストのハナちゃんにテレビ局の楽屋でそう聞かれ、

「基本的にはやらないんだけど、コロナになってからは天ぷらに挑戦した」

その後、テレビで平野レミさんの番組を観て、エビカツなるものにも挑戦した。使うのはエビ、レンコン、おろし玉ねぎ、塩、パン粉。レンコンをフードプロセッサーですりおろすと、そのねばねばのおかげで、粉や卵でコーティングせずとも直接パン粉をつけて油で揚げられるという触れ込みだ。

そういえば冷凍庫にむき身のエビを保存してあった。そろそろ使ったほうがいいと思っていたところ。さらにレンコンも買い置きがある。準備万端だ。さっそくレンコンとエビをフードプロセッサーでギュイーンして、手で丸めてパン粉をからめてみた。レミさんのカツは、豚ヒレカツぐらいの大きさだったけれど、私は肉団子ぐらいの大きさにしてみた。そのほうが数を稼げるし、揚げる際に時間がかからないと思ったからだ。

「おいしかったよ。残った餡にパン粉をまぶして冷凍保存したから、しばらくして献立に困ったとき、また出せるしね」

その話をしたところ、ハナちゃんは、

「私は春巻きの皮を常備していて、困ったときはすぐ揚げ物にするんです。アスパラとか。チーズとシソを巻いてもおいしい。お惣菜の残りを巻いて揚げちゃったりもします」

なるほどねえ。今日、帰りに春巻きの皮を買ってこようと思い立つ。

「油をたくさん使うのが苦手なら、フライパンに少し厚めに油を敷いて、揚げ焼き的にしても大丈夫ですよ」

なるほどねえ。ハナちゃんの本業はスタイリストだが、料理の先生をやっても生きていけるのではないかと思うほど料理好きである。

「ハナちゃん、ハナちゃん」

私は仕事の準備そっちのけで身を乗り出す。

「人参が余ってるんだけど、なにかいいアイディアない？」

するとハナちゃん、

「キャロットラペとか、人参しりしりですかねえ」

「人参しりしり？　なにそれ」

「沖縄料理です。人参の千切りを卵と鰹節の出汁《だし》で炒めるだけです。あと一品ほしいっていうときによく作ります」

知らなかった。沖縄料理といえば、昔はよくゴーヤを炒めて梅干しと削り節を加えて食べたものだが、最近作っていなかった。ゴーヤも買っておこう。

「キャロットスープもおいしいですよ。人参と玉ねぎを炒めて塩胡椒で味付けして、鶏ガラスープで煮て柔らかくなったらミキサーにかけて完成。生クリームを入れたら絶品」

それもまたおいしそう。キャロットスープの話を聞いて思い出した。かつて仕事仲間から、「玉ねぎが大量にあって困っちゃって。何を作ればいいかなあ」と相談され、

「オニオングラタンスープを作ったら？」

玉ねぎを薄切りにして、ひたすら炒めるだけ。カラメル色になるまで炒め続けるのに多少の労力を要するが、そこで手を抜かないかぎり失敗する恐れはない。じゅうぶんに炒めた玉ねぎに水とスープストックを加え、塩胡椒で味を整えて耐熱容器に移し、粉チーズたっぷりとパンを一切れ載せてオーブンで焼く。簡単なのに豪華なスープの出来上がりだ。

後日、その友達から連絡が届いた。

「作ってみたら、家族に大好評だった」

そうそう、自分で教えておきながら、オニオングラタンスープのことをすっかり忘れていた。明日はキャロットスープかオニオングラタンスープの、どちらかを作ろう。いや、人参しりしりも捨てがたい。

一人で考えていると煮詰まる献立づくりも、誰かと話しているだけで次々思いつくものだ。思いつかなくなったら楽屋へ行こう。

免疫カレー

免疫力を高めるという食べものが注目されている。

新型ウイルスに捕まらないために、人混みに近づかないとか手をよく洗うとかウガイをするとか、さまざまな情報に心を乱された末、結局、自らの身体の防衛軍を強化する以外、逃れる手立てはないという結論に達した。まさに体内軍事力強化の時代である。抵抗力をつけておけば、たとえウイルスの侵入を許してしまったとしても、回復の可能性は高くなるはずだ。

よし、免疫力をアップするぞ！　エイエイオー！

そう豪語してみたものの、さて何を食べれば免疫力なるものが強化されるのか。

もっぱら言われているのが、インドカレーである。その論拠は、感染拡大のニュースが流れ始めた当初、武漢から帰国したインド人に新型コロナウイルスの感染者がいなかったという噂にあったようだ。たしかに感染者数が少ないねえと感心していたら、最近、インドにも増え始めている。今後、さらに増え続けるのかどうか、そこらへんの確証はないけれど、それでもなお、カレーは身体によさそうな印象がある。というか、そもそもインドの方々は免疫力が飛び抜けて高いのではあるまいか。苛酷な気候、高い人口密度、大河にての沐浴。日常的にそのような環境下で生活している人々は、除菌がいちばんと思っている脆弱な日本人よりはるかに強靭と思われる。そうだ、インドへ行こう！　じゃなくて、インド料理屋さんへ行こう！　思い立ったが吉日だ。さっそく近所のインドカレーのお店に足を運ぶことにした。

平日の夜。テーブル席が十ほどある広々とした店内に、客は私たち以外に年配のカップルが一組だけである。やはり新型コロナの影響か。お店には失礼ながら、おかげさまで濃厚接触のリスクは低い。ちょっと安心。さりげなく彼らと離れたテーブルに席を取ると、一人が激しい咳をしていることに気づく。ちょっと不安。でもこれからカレーを食べるのだ。問題ないぞよ。

メニューを見て、その種類の豊富さに驚いた。カレーだけでも、シーフード、マトン、チキン、野菜と、項目ごとに分かれていて各々七、八種類あり、全部で三十種類以上にのぼる。その他にタンドリーチキンなどの一品料理も豪華。さらに驚いたのは、ナンのなんと（洒落ではない）色々なタイプがあることか。プレーンを始め、ガーリックナン、チーズナン、オニオンナン、ごまナンから揚げナン、ナッツやココナッツの入った甘いナンまであるらしい。

「すごいねえ」

「楽しいねえ」

メニューを見るだけで興奮し、しかし注文するのは、

「えーと、バターチキンカレー一つと、もう一種類、何にする？　じゃ、野菜カレー。あとライタ（ヨーグルトサラダ）と、プレーンのナンを二枚。以上！」

極めてオーソドックスなカレーを選んでしまう心のせまさかな。

焼き肉屋さんへ行ってもそうである。今日こそ、いつもと違うものを食べようと意気込んでメニューを開くのだが、結局、カルビと塩タンと白菜キムチと、ときおりロース、たまにレバー。加えて焼き海苔と少しだけ辛いスープを頼んだりする程度で、

「たまには冷麺食べようかなあ」

口ではそう言いながら、肉が運ばれてくるとつい、「白いご飯、お願いします」と店の人に声をかけ、やっぱりこの選択がいちばんおいしいと、おおいに満足して帰ることになる。

タイ料理屋さんに行った場合は、以下のような注文をするであろう。

まずタイ風さつま揚げは欠かせない。続いて生春巻きと揚げ春巻き（春巻きはベトナム料理の部類に入るのかもしれないが、日本のタイ料理屋にはたいがいありますよね）、春雨サラダか青パパイヤサラダ、トムヤムクンかトムカーガイ（チキンとココナッツミルク

のスープ）、そしてグリーンカレーかイエローカレー。他にも食べたことのないメニューが写真付きでたくさん並んでいて、「うわ、これ食べたことない。おいしそうー」と叫びつつ、最後に選ぶのは、いつも同じものばかり。なぜだろう、なぜかしら。

それにしてもタイのカレーはどうして色で呼ばれるのだろう。グリーンかイエローかレッド。なんと大ざっぱなネイミングか。選ぶ側もつい大ざっぱになって、「グリーンカレーください」と言いながら、中にどういう肉や野菜が入っているか、ほとんどチェックすることはない。

調べてみたところ、タイ風グリーンカレーの正式名は「ゲーン・キャオ・ワーン」、イエローカレーは「ゲーン・カリー」、そしてレッドカレーになると「ゲーン・ペッ」ときたもんだ。これはなかなか覚えにくいし言いにくい。

「ゲーン・ペッ、ください」

ちょっと違う気分になりますな。ちなみに「ゲーン」がカレーという意味のようで、となると、イエローカレーは、「カレー・カレー」と言っているように聞こえる。おそらく、タイ国のカレーが国際的に人気を博すようになったとき、

「外国人にも覚えやすい名前にしたほうがいいんじゃない？」

タイのどなたか偉い人の発言に端を発して、世界中でグリーン、イエロー、レッドと、色別で呼ぶようになったのではないか。私の勝手な妄想にすぎませんがね。

話をインドカレーに戻す。

こうして私はインドのスタンダードなカレーと甘味に溢れたナンを堪能し、心地よい汗をたっぷりかいて、帰り道の冷たい北風もなんのその。これで自己免疫力強化の第一歩を踏み出したような逞《たくま》しい気持で帰宅し、安らかな眠りについたのであったが、翌朝、かすかにお腹を壊した。

調子に乗って久しぶりに刺激の強いカレーを食べ過ぎて、胃がびっくりしたらしい。何ごとも、性急な措置はよろしくない。しかし、お腹を壊してもカレーに対する愛が薄らぐことは決してなく、食べてみて、私は改めて意を強くした。

免疫力をアップさせる基本は、血液の循環を良くし、新陳代謝を促進させることにある。汗をかき、顔を赤くして、興奮し、体内の動きが活発になれば、防衛意識は高まるというもの。その威力は、人体に発揮されるのみならず、カレーの素材にもおおいに影響するのではないかと、私は想像するに至った。

話は今年（二〇二〇年）の正月にさかのぼる。九十二歳になる母を囲んで親戚一同で集まろうよと、我がきょうだいが主体となって声をかけたら、総勢三十人近くが来てくれることになった。認知症とはいえ、身体はまだ元気な母である。覚えているかいないかはさておいて、たまには賑やかな宴の中に身を置くのも、それこそ脳の活性化に繋がるのではないか。思い立ったのはいいけれど、さて食べものはどうしましょう。そこで私は宣言する。

「よし、私がカレーを大量に作るよ」

お節料理も多少は用意したけれど、若者やひ孫（母にとって）たちは洋風のものを食べたがるに決まっている。

こうして私は家中の棚や冷蔵庫や冷凍庫を漁り、カレーの材料になりそうなものを物色し始めた。

使いかけの固形カレールー。トムヤムクンスープの素。糸井重里さんに頂戴した「カレーの恩返し」というカレー用ミックススパイス。大量すぎて登場するチャンスを逸していた袋詰め液体カレーの素。喜べ、今こそ君の出番がやってきたぞ！　袋を抱きしめ裏にひっくり返し、賞味期限は目に入らなかったことにする。

たしか冷凍庫に、だいぶ前に食べ残して保存しておいたカレーがあったような気がする……あったあった。氷にまみれた茶色いジップロックを一つ発掘。これを混ぜればコクが出る。そして飲み残しの赤ワイン。オタフクソース（これがなかなかいい味になる）、オイスターソース、肉類（種類は問わず）、野菜類、調味料。並べれば、なかなか壮観なる新旧カレー連合軍の結集ぶりだ。

まず基本となるのは、オックステールのスープである。これは年末からずっと、ぐつぐつ煮込んですでに年季が入っていた。そこへ、別フライパンで大量の玉ねぎ、ニンジン、しょぼくれかけた生椎茸、ひからびかけたセロリ、生姜、ニンニクなどを少量の油で順次、よく炒めてスープに加えてぐつぐつ。そこへ液体カレーの素や固形カレールーや、皮つきごろごろじゃがいもや、トムヤムクンスープの素などを投入する。ためしに味見をする。まだ全体的に薄いな。

煮込んでいる間、再び冷蔵庫を覗き見ると、そろそろ食べ切ったほうがよろしそうな自家製リンゴバタージャムが出てきた。これも入れてしまおう。ならばついでとばかり、少々鮮度を落とした生のリンゴもざく切りにして加える。そしてまた冷蔵庫を覗く。

見つけたるは、少し固くなったカマンベールチーズ。かつて父が元気だった頃、「カマンベールチーズ入り〇〇カレーっていうレトルト食品がなかなか旨いんだよ」と、たいそう気に入っていたことを思い出す。古くなったチーズはカレーにもってこいである。

カレーは作る過程がたまらなく楽しい。よほど変なものを入れないかぎり、投入すればするほどうまみが増す。唐辛子やカレー粉の辛味はもちろん、甘味、酸味、うま味、塩味、苦味。これらの味覚をすべて味わえるのがカレーの醍醐味の一つである。だからなんでも入れたくなる。きりなく加えたくなる。まるで絵筆を置けない油絵画家のようである。少々鮮度が落ちていても、カレーのスープに浸せば、「ああ、びっくりした！　腐ってる場合じゃないぜ」と素材自体が元気を取り戻す。

最後にトマトとレモンと生姜やニンニクをさらに加え、塩味を確認し、絵筆ならぬ味見

スプーンを置いて完成させたカレーを実家に鍋ごと運び込み、親戚一同に披露したところ、

「佐和子さん、すっごくおいしい。何が入っているの？」

「甘味もあって子供たちも喜んでいます。どうやって作ったの？」

賞賛と質問の嵐に合い、私はニッコリ笑って返す。

「それが自分でもわからないの」

実際、何を入れたのか私自身も思い出せないのだ。今こそカレーが必要など時世、もう一度作りたいと思っても、あの味を再現することは不可能である。我ながらおいしかったのに。

そしてこの正月カレーパーティーの数ヶ月後、母は帰らぬ人となった。母もおいしいと言ってくれたのに。

ウチ寿司

自粛生活を続けているうちに、たまらなく食べたくなったのが、寿司である。

「へっ、らっしゃい！」

威勢の良いかけ声に迎えられ、ひんやりとした白木のカウンター席に座ると、目の前のガラスケースの水滴の向こうにイカ、コハダ、マグロ、赤貝など新鮮なネタが行儀よく並んでいる。

差し出されたアツアツのおしぼりで手を拭きながら、ネタを吟味する。

ま、私がよく行く近所のお寿司屋さんは、「へっ、らっしゃい！」というほど威勢がいいわけではなく、いつも「はーい、いらっしゃーい」と親戚のおじさんのような笑顔で迎えてくれる優しい大将と、いつも横移動小走りをしている助手のおにいちゃん、そしてアツアツおしぼりとボトルキープ焼酎をさりげなく棚から下ろして出してくれる大将の奥さん。極めて家庭的な店である。

かつてはその店に月一、二回ほどの頻度で通っていた。こちらの好みも熟知してくれて

いて、ナマコ酢とかバイ貝の煮付けとかホタルイカの酢味噌和えとか、季節季節のおいしい突き出しが一つ供されたあと、

「握りからいきます？」

「そうですねえ……」

と答えているうちに、気づくと目の前にコハダが一貫。続いて、ヒラメ、中トロ、イカ、アジなどお馴染みのネタがオートマティカリーかつ、食べるタイミングに合わせてリズミカルに置かれていく。

「今日はトリガイがいいですよ」

「嬉しい！　いただきます！　生のトリガイが食べられる季節、大好きだ！」

なんてはしゃいでいるうち、

「イワシは握りますか？　それともいつものように焼く？」

「あ、焼いてください」

イワシが焼けるまで、海老、イクラ、ウニなどを続けざまに食べて、

「痛風まっしぐらだね」

大将に向かって顔をしかめつつも決して拒否はせず、おいしい、おいしいと何度も叫ぶうち、だいぶお腹も落ち着いてくる。

こういう気楽な寿司屋訪問ができなくなった。コロナめ！

でも、お寿司が食べたい。どうする？　と考えたとき、思い出した。

そうだ、ちらし寿司を作ろう！

父は晩年を高齢者病院で長く過ごした。週に一回、母を連れて見舞いにいくときは、父の気に入りそうな食べものを持っていくのが必須であった。その病院は、病院にもかかわらず飲酒が許され、食べものの持ち込みも外食も可能であった。だからこそ食い意地の張った父はその病院での生活になんとか馴染んでいたのだが、それでもなにかと食べたいものが思いつくらしい。

あるとき、母とともに父の病室を訪れた。すでに母は少しもの忘れが進んでいて、さらに耳も遠かった。その母に向かい、父がベッドの背を斜めに立てた状態で言った。

「お前の作るちらし寿司が食べたいよ」

穏やかに語りかけた父に、母が返答した。

「え？」

聞こえなかったらしい。父は再度、少し声を張り気味にして、

「お前のね、作ってくれるちらし寿司が食べたいんだよ」

母はキョトンとした顔を前に突き出して、

「え？」

まだ聞こえないらしい。だんだん父の眉間《みけん》に皺《しわ》が寄り始める。とうとう父が病室の外に

も聞こえるかと思われるほどの大声を発した。

「聞こえないのか？　お前の作るちらし寿司が食いたいって、さっきから何度も言ってるんだ！　わからんかね！」

ほとんど叱りつけているとしか思えない。が、対する母は極めて冷静。父を見つめ、さして驚くほどのこともなく、やっと理解したのか、穏やかな笑みを浮かべて応えた。

「ああ、ちらし寿司ですか」

父はため息をつき、ようやく安堵の表情を浮かべた。

「そうだよ。ちらし寿司だ」

そこで母はつけ加えた。

「ちらし寿司なら、東急に売ってますよ」

私は腰の下で秘かにガッツポーズを作った。なんという見事な切り返し。六十数年、父の圧政にひたすら耐え続けてきた母が、初めてさらりと抵抗した瞬間であった。

ちなみに東急とは、ウチの近所の東急デパートのことである。母がそこでちらし寿司を買っていたかどうか私は知らない。ついでに母がそれほど頻繁にちらし寿司を作っていたという記憶もない。父はどうやら、子供たちがそれぞれに独立して家を出たあと、ちらし寿司をときどき母に作らせていたらしいのである。

父がちらし寿司を好きであったと知ったのは、それより少し前のことだ。病院生活を始める直前まで、ファッションデザイナーの芦田淳さんのお宅から麻雀のお誘いを受け、ときおりお伺いをしていた。

　コトの発端は、私が週刊誌で芦田淳さんと対談をしたときである。

「お父様は麻雀がお好きなんですって？」

　芦田さんに問われ、私は、

「好きなんてもんじゃありません。歩くのも覚束なくなっているのに、麻雀のお誘いにはひょこひょこ出かけていきますから」

　では一度お父様をウチにお誘いしたい、との芦田さんの伝言を後日、父に伝えると、

「いやいや、そんなお洒落な方のお宅に伺うのは気が引けるからいいよ」

　しばらく尻込みをしていたが、本当に直接のお誘いを受ける運びとなり、緊張した面持ちで出かけていった。とはいえ娘は一度きりのことと思っていたところ、どうやらその後、何度も芦田家に通っている気配がある。

　どうしたことかと訊ねてみると、

「奥様が作るちらし寿司が格別に旨い！」

　麻雀もさることながら、父はどうやら芦田家で振る舞われるちらし寿司の味に魅せられてしまったようだ。

　その後、父が他界し、そして芦田淳さんも先年、お亡くなりになった。芦田さんは生前、

拙著をお送りすると、すぐにお電話を下さり、

「本をありがとう。あのね、とっても面白い」

身に余るお褒めの言葉をいただいて、お世辞と知りつつも、芦田さんの勢いのある声に私は携帯電話を握りながらウルウルしそうになったことが何度もある。その後、芦田さんが亡くなられたあとも新しい本が出ると押しつけがましく芦田家に謹呈していたところ、ある日、奥様から丁寧なお手紙を頂戴した。

鳩居堂の上品な便箋に美しくも力強い字が流れるように綴られている。

「この度は外出自粛したほうが良い状況に御著書贈呈いただき、なんとタイムリーなことと嬉しゅうございました」

拙著への返礼ののち、父が芦田家へ麻雀をしに伺った頃の思い出を書いてくださった。

「最初の夕食に何を差し上げたらよいかと、主人とさんざんディスカッションを重ねた結果、『芦田家伝統のまぜ寿司』に決まり、私、無い腕を振るいました」

そういう経緯であったのか。が、予想通り、父はその「芦田家伝統のまぜ寿司」をたいそう気に入ったのだ。

「父上が『旨い！　おかわり』とおっしゃりながらお皿を私に差し出されたその瞬間、『やった！』という思いでした」

他人様《ひと》の奥方にそれほどまでの気苦労をおかけして恐縮至極ではあるけれど、でもきっ

と気取っていた父の顔がたちまち緩んだであろうことは容易に想像がつき、その嬉しそうな顔を見て、芦田夫人がどれほど安堵なさったかと、その気持もよくわかる。

芦田夫人の手紙の最後に、「少し自慢げで恐縮ですが」という前置きとともに、「芦田家伝統のまぜ寿司」のコツが追記されていた。

「とびきり上等な鯛の切り身を、だし、みりん、酒、醤油で中蓋をし強火でさっと煮て、三本の菜箸《さいばし》で身をほぐすように『でんぶ』を作り、酢飯に交ぜます。これがコツかもしれません。あとは錦糸《きんし》玉子など、他のものは一緒だと思います」

蟄居《ちっきょ》期間中、ちらし寿司を作ろうと思い立ったのは、芦田夫人の手紙のせいもある。ところがここがずぼらな私のこと。

まずご飯を炊き、寿司桶なんて洒落たものは持ち合わせがないので、大きなボウルに移して団扇《うちわ》であおぎながら、寿司酢（酢、砂糖、塩）を少しずつ垂らして混ぜ合わせる。具に交ぜる用のニンジン、干し椎茸、レンコンを別鍋でだしとともに煮ておいて、酢飯に加える。これだけでもじゅうぶんにお寿司気分が盛り上がる。つまんでみれば、おー、おいしいじゃん。

ここへ、芦田夫人直伝の「でんぶ」なるものを加えたら、そりゃもう「旨い！」にちがいないと思いつつ、

「でんぶねえ、でんぶでんぶ」

心で唱えながらも、手元にある鯛の切り身が、芦田夫人ご指定の「とびきり上等な鯛」というほどのシロモノではなかったこと。さらに、これから錦糸玉子も焼かなきゃいけないし、さやいんげんもゆがいて斜めに切らなきゃいけないし、という気持もあったこと等々に鑑《かんが》みて（役人風）、ちょっとサボってしまったのである。

かわりに、長らく冷凍庫で眠っていた塩鮭をフレークにして混ぜ込み、さらに、真空パックになっていた「鰻の蒲焼き」を、これも細かく切り刻んで酢飯に混ぜ込み、大皿に盛り、上から錦糸玉子、鯛の刺身の細切れ、瓶詰めのイクラ、紅生姜なんぞで飾り立て、

「どう？」

家人に問いかけると、

「うん、おいしいよ」

さほど驚愕するほどではない声で返答された。少なくとも「旨い！　おかわり」という勢いはなかった……。

次回は断然、とびきり上等な鯛を買って、でんぶを作ります。ここで皆様にしっかりとお約束をする次第でございます。

母サラダ

　このところ、ロメインレタスというものにハマっている。葉先が赤茶色をしたサニーレタスでもなくチリチリしたエンダイブでもなく、もちろん普通のレタスでもサラダ菜でもない。やや細長く明るい緑色をしており、ドレッシングで和えてもへたらず、しっかりと歯ごたえあるレタスだ。こころなしか苦味があり、そこも気に入っているところの一つである。しいて言えば、エンダイブの味に近いかもしれない。

　そう書きながら実のところ、エンダイブとアンディーブとチコリの違いがよくわかっていない。たしか昔は葉先がフリルのようにチリチリになっている葉っぱのことをチコリと呼び、父が好んでいたのか食卓によくチコリのサラダが登場したものだ。口に入れると葉先のチリチリが口内をくすぐるので、チクチクこそばゆかった。チクチクチリチリチコリちゃん。そう覚えていたのに、あるとき突然、チコリがエンダイブに改名された。じゃあ、チコリはどこに行っちゃったのかと探したら、それまでアンディーブと呼んでいたはずのコロンとした白菜の赤ちゃんのような葉野菜に「ベルギーチコリ」と値札が貼られているではないか。どういうこと？　でもときに、先の赤い色違いの白菜赤ちゃんにはあいかわらず「アンディーブ」と書かれている。

どういうこと？

調べてみると（ってネット情報ですが）、フランス語の「アンディーブ」はイギリスで「チコリ」のことを指し、ギザギザのサラダ菜は「エンダイブ」なんだって。しかしアメリカ人はエンダイブのことを「チコリ」と呼んでいるとか。紛らわしいではないか！

さらにネット情報によると、エンダイブとチコリは親子でも兄弟でもないらしい。私はてっきり、チリチリ葉っぱが茂る前の新芽の状態をチコリと呼んで、葉が成長したらエンダイブと呼びましょうと、国際野菜命名協会（なんてものがあるかどうか知らないが）でそういう取り決めになったのだろうと無理やり納得していたが、それも違うのか。まったく紛らわしい！

話をロメインレタスに戻す。

ロメインレタスの存在を知ったのがいつだったかは判然としないが、どうもハワイのレストランでシーザーサラダなるものを初めて食べたとき、使われていたのがこの葉っぱだったような気がする。もはや四十年ほど昔のことであり、曖昧な記憶ではあるが、そのときおいしいとは思ったものの、当時、そんな葉野菜を日本で見かけることはなかったため、帰国してシーザーサラダを作るときはいつも普通のレタスを使っていた。

そう、シーザーサラダ自体も私にとっては衝撃的だった。
最初は父がハワイのイタリアンレストランで出合い、その味に感動し、同席していた母に向かい、「おい、この味をしっかり覚えてウチでも作ってくれよ」と命じたのが、我が家のシーザーサラダブームの始まりだったと記憶する。私も一度だけ、ホノルルの住宅街にひっそりと建つそのレストランに両親ともども赴いて、シーザーサラダを味わった思い出がある。まだ今のように温泉玉子を西洋料理に使うなどというアイディアは日本になかった時代である。ドロンとした卵の黄身と白身がレタスに絡みつく味の快感は、なんともいえず新鮮だった。

母が店のシェフにサラダの作り方をきちんと教わったかどうかは知らないが、たしかレストランでは客の前で、ちょうどクレープの実演をするがごとく、テーブル横に台を持ってきて、そこでサラダを作ってみせるというパフォーマンスがあったような気がする。それを見ながら母は見よう見まねで作り方を覚えたのではあるまいか。母が作るシーザーサラダに父が文句をつけなかったところを見ると、だいたい再現できていたのだと思う。しかし当然のことながら、ウチで作るシーザーサラダにロメインレタスは使われていなかった。

使っていたのはもっぱら普通のレタス。水洗いをし、よく水切りをした上で冷やし、ほどよい大きさにちぎっておく。一方で温泉玉子を作る。これが上手にできる日と、多少固めになってしまう日がある。ベーコンの細切れをフライパンで焼き、出てきた脂も加えてドレッシングを作る。酢、塩胡椒と、なぜかウースターソースを数滴落とす。冷やしたサラダボウルの内側にニンニクのかけらをたっぷり擦り込み、レタスを投入。カリカリに焼けたベーコンと、事前に作っておいた小さめのクルトンをまぶし、ドレッシングと和えてよく混ぜる。最後に温泉玉子をぽとり。さらにチーズをたっぷり上から擦ってまぶす。

お気づきかと思いますが、ことほど左様にシーザーサラダは手間がかかる。時間もかかる。ちゃちゃっと片手間に作れるというシロモノではない。おいしいけれど面倒くさい。こうしてシーザーサラダは我が家の食卓から出現の頻度を落としていったのであった。

私が初めてシーザーサラダを知ったとき、おお、これはジュリアス・シーザーが好んで食べていたサラダかと短絡的に想像したが、違った。そもそもはメキシコにあるイタリアンレストラン「シーザーズ・プレイス」のオーナーであるシーザーさんが考案し、その味の評判がハリウッドの芸能関係者の間に広まって、その後世界中で知られるようになったのだとか。これもネット情報なり。

シーザーサラダ以外にウチで母がよく作ったサラダにミモザサラダというものがある。母が愛読していた「西洋料理の本」に載っていたのを作ってみたところ、父の及第点をもらい、比較的頻繁に食卓に登場した時期があった。まだ私が小学生の頃である。

ミモザサラダにはサラダ菜を使った。中鉢に水洗いしたサラダ菜を一枚ずつ外側から内側へと、全体が花びらのようなかたちになるよう並べる。そこへ、固茹でした玉子を白身と黄身と別々に金ざるで裏ごしし、上から散らす。あとはドレッシングをかけるだけだ。

私はよく、玉子の裏ごし作業を手伝った。まず白身を金《かな》ざるの上に乗せ、杓文字《しゃもじ》でゆっくり押し込むと、下から見事に細かくなった白身が現れる。黄身もその要領で美しくも細かい粉状にして、緑色のサラダ菜の上に散らすと、なんともいえず可愛らしいミモザサラダの出来上がり。食べるときよりも、私はこの愛らしいミモザの花の出来上がる瞬間が好きだった。

もっともその頃、私は本物のミモザの花を見たことがなかった。その後、中学生になり、横浜に引っ越しをしたとき、父はその家の庭の片隅にミモザの苗木を植えた。毎年春になると、ミモザは真っ黄色の細かい花を満開にした。たわわに揺れるミモザの花を見て、私は思わず叫んだ。

「うわ、ミモザサラダみたい！」

あまりの美しさに感動し、一枝手折《たお》って部屋に飾って閉口した。ミモザの花は目にはいいが鼻には悪い。香りがないのに、細かい花粉が鼻を刺激して、部屋の中で何度もむせ返ったのを覚えている。

子供たちが家を出払ってのち、両親二人だけの生活が始まった頃から、母の作るサラダは極めてシンプルになっていった。それは父が好んだせいか、母が手のかかるサラダを作る気力を失ったせいか。わからない。

いつも使うサラダ用の中鉢の内側に、母はまず、ニンニクのかけらを擦り込む。娘の私はニンニク好きなので、擦ってドレッシングに混ぜ込むが、母はそれをしない。もっぱら器の内側に丁寧に擦り込む。そこへ、そのときどきにある野菜を切って入れる。胡瓜《きゅうり》の乱切り、玉ねぎの薄切り、サラダ菜、レタス、セロリなど。野菜類が中鉢を満たすと、その上から酢、サラダ油をタラタラタラッと適当に垂らし、最後に塩胡椒で味を整え、ほどよく混ぜて食卓に並べるだけ。ほんのそれだけのサラダなのに、なぜかたまらなくおいしい。

「このサラダ、どうやって作ったの？」

たまに実家を訪れた折、私が箸で突っつきながら聞くと、母はいつも笑った。

「どうやるってほどのことじゃないわよ。ただ、お酢とサラダ油と塩胡椒で味つけしただけ」

別段、特別の酢ではなさそうだ。高価なオリーブオイルを使っている気配もない。それなのに、なんでこんなにおいしいんだ？　と、私は首を傾げたものである。

話をロメインレタスに戻す。

ロメインレタスはどこのスーパーにも売っているわけではない。欲しいと思ったら、少し遠出をして手に入れなければならない。いったん手に入れると、毎日、ロメインレタスサラダを作る。シーザーサラダは面倒なのでまだ作っていないが、このレタスに何が合うかと、その都度、トマト、玉ねぎ、ニンジン、ブロッコリーなどと合わせて実験した。そして、最終的にロメインレタス一種類だけのサラダがいちばんおいしいという結論に達した。

ドレッシングは一応、自家製だ。オイルは、胡麻油にしたりオリーブオイルにしたり、エゴマ油を使うこともある。そこへ酢、擦りニンニク少々、醤油少々と塩胡椒を加えるぐらいだ。ときどき気分を変えてバルサミコ酢を入れることもある。ときどきアンチョビーを加えることもある。が、基本はごく普通のドレッシングのつもりだ。大きめのボウルによく冷やして水を切ったロメインレタスを入れ、ドレッシングを垂らし、念入りに馴染ませる。

そうそう、最近、これまた気に入っている塩があった。ドレッシングソルトという商品で、ネットで手に入る。塩に加えてバジルやオレガノ、オニオンなどが混ざっているらしいが、このソルトをサラダに振りかけると、なかなかいける。ちなみに塩にぎりに使うと、これもいける。というわけで、ロメインレタスサラダにこの塩を最後のアクセントとして少量加えると、おいしくなることを発見した。そして結論。

ロメインレタスは単独で楽しむに限る。

そう思っていた矢先、マンゴーのいただきものをした。試しにロメインレタスサラダにマンゴーを混ぜてみた。すると、たちまちハワイの風が吹いた。ハワイアンミュージックが頭の中で流れ始めた。しばらくハワイへ行けないと思うと、なおさら胃袋に沁《し》みる。

このマンゴーロメインレタスサラダを、ハワイが好きだった父と母に食べさせたらどれほど喜んだことだろう。

「ああ、なかなか旨い、旨いよ。しかし母さん、明日はいつものシンプルなサラダを作ってくれ」

「そうねえ……。わかりました」

たぶん、そういうことになるだろうな。

掟破り

久しぶりにサラダ・ニソワーズを作った。

このサラダについては以前にも書いたので重複するところがあるかもしれないが、初めて知ったのは、大学時代に通っていた料理教室でのことだ。

それまでポテトサラダと言えば、マヨネーズで和えたものしか食べたことがなかった私は、フレンチドレッシング味のポテトサラダの存在を知り、いっぺんに魅了された。

とはいえ、マヨネーズ味のポテトサラダも捨てがたい。昔、あの手のポテトサラダは肉屋さんで売っていた。中学時代、学校の近くに肉屋さんがあり、いつも店頭にいい匂いを発散させた揚げたてコロッケが並んでいた。メンチコロッケとイモコロッケ。学校の帰り道、その肉屋さんのそばを通ると無視できなくなる。買い食い禁止は重々承知している。だからしずしずと、恐る恐る近づく。そして結局、悪魔の囁きに屈服し、友達と一緒にコロッケを買うはめとなる。コロッケが包まれるのを待つ間、目を横に移すと、白くておいしそうなポテトサラダがあるではないか。

「これも、少しください」

イモコロッケにポテトサラダ。同じジャガイモでもまったく別物だ。どちらもそそられる。思えばイモが好きな年頃であった。

「百グラムぐらいでいいですか？」

「あ、はい」

セーラー服姿の私たちは、熱々コロッケの入った茶色い袋と、冷たいポテトサラダの入った袋の二つを鞄の後ろに隠し持ち、パン屋の前のベンチに座る。都電が来るのを待つためだ。

待っている間、袋からいい香りが漂ってくる。「さあ、早く！」とコロッケが叫んでいる。もちろん最初は自制する。家に帰ってから食べよう。そう思っているのだが、都電がなかなか来ないからしかたない。しだいに手が袋に伸びる。中をちょこっとだけ覗いてみる。

「今、食べたらぜったいおいしいよね」

「今がいちばん、おいしいと思う」

意見が一致したところで勢いよく袋の中に手を突っ込み、熱々コロッケを、視線を前に向けたまま、ちぎり取り、人が見ていないことを確認した上で、大急ぎで口へ運ぶ。

「おいしい！」

「うん、おいしいね！」

アダムとイブが禁断のリンゴに手を伸ばした気持がよくわかる。すると今度はアツアツ油味の残る口内を、さっぱり冷やしたくなる。もう一つの袋に手を伸ばし、またもや人目をはばかりつつ、ポテトサラダを指でつまみ、急いで口に運び入れるのであった。

そのとき知った。ポテトサラダのおいしさは、じゃがいもの味もさることながら、合間にときたま現れるキュウリとハムとリンゴが絶妙なアクセントになっていることを。

あの、「肉屋さんのポテトサラダ」の独特な味わいは、なぜかウチでは再現できない。庶民的ではあるけれど、あれぞプロの味というものか。

というわけで、マヨネーズ味ポテトサラダはもちろん好きなのだが、サラダ・ニソワーズとの出会いは衝撃的だった。料理教室で習って以来、ずいぶん何度も作ったものである。そして作るたび、いつかニースを旅する機会があったら、本場ニースのサラダ・ニソワーズを味わってみたいと憧れた。

その夢が叶ったのははるか後、じゅうぶんな大人になってからのことである。

テレビの仕事でニースを訪ねたとき、私の個人的目標はなんといっても本場の味の検証であった。さっそく海岸にほど近い、テラスのお洒落なレストランに入り、昼食用に注文した。

「サラダ・ニソワーズ、シルブプレ」

まもなく白い大ぶりの皿に載って運ばれてきた。その中身に目をやって驚いた。なんか、違う。

ジャガイモが入っていないのである。ニース風サラダにジャガイモが入っていないいなんて、クリープを入れないコーヒーのようではないか（古い！）。そんなバカなことがあるものかと憤慨し、現地コーディネーターを務めてくださった女性に訊ねると、

「ジャガイモ？　そんなものは入れませんよ」

そのにべのなさたるや。悲しくて涙が出そうになった。いやいや、これは彼女の個人的見解かもしれない。気を取り直して別の日に違うレストランにて、

「サラダ・ニソワーズ、シルブプレ」

運ばれてきた皿に、やはりジャガイモの姿はない。何度か繰り返した末、私は悟った。

「ニースのサラダには、ゆで卵以外、火の通った野菜を入れてはならぬ」

これがサラダ・ニソワーズの掟だったのだ。

そんなニース風サラダがどこで誰にアレンジされて、「ポテトとアンチョビとツナの欠かせぬサラダ」に変身し、日本に渡ってきたのか知らないが、とにかく私は本場にて、真実の厳しさに直面したのであった。

ついでにドレッシングであるが、ニースに限らず、イタリアやギリシャでも（ここまでは私の経験）、その他のヨーロッパ各国でも（これは人に聞いた話）、サラダを頼むと、ド

レッシングがついてこない。かわりに運ばれてくるのは、オリーブオイルとビネガーの瓶、そして塩胡椒である。

「これで勝手に調味してちょうだいね」

そういうシステムになっているらしい。日本のレストランのように、「いやあ、あの店のドレッシングはおいしいねえ」なんて会話は成立しないのである。

その点、日本のレストランは親切です。ホテルでビュッフェの朝ご飯を食べに行くたびに迷う。ドレッシングが何種類も並んでいるからだ。

和風ドレッシング

フレンチドレッシング

イタリアンドレッシング

ごまドレッシング

サウザンアイランド

野菜を載せた皿を片手に私はしばし考え込む。うーん、和風にするかな、いや、イタリアンも気になる。でもやっぱり王道のフレンチかしら。キュウリにはサウザンアイランドが合うしなあ。

こうして私はたいていの場合、フレンチをタラタラッとかけて、端っこのキュウリの上にサウザンアイランドをちょこっと載せ、トマトには和風ドレッシングを載せるという複雑かつ欲深いサラダプレートを完成させる。しかし、テーブルについていざ、フォークを使って食べ始めると、どのドレッシングもすっかり混ざり合い、結局、どれがおいしかったかよくわからない始末となるのである。

そもそもこんなにドレッシングの種類が豊富になったのは、ごく最近のことではないか。市販のドレッシングがさまざまな味を開発し、熾烈な競争を繰り返すうちに、これほどたくさんの種類が一般的になったのだと思われる。

私が子供の頃、ドレッシングといえば、フレンチドレッシングぐらい……というか、そういう名前も知らなかった。ただ、油と酢と塩胡椒を調合し、よく混ぜ合わせて野菜に振りかける。そういうものだと思っていた。

あるとき母が、どなたかに教えていただいたサラダの作り方をウチで取り入れるようになった。それは、サラダを入れる大きめの深い鉢の内側に、ニンニクのかけらを擦りつける。動きが悪い場合は少量の水にニンニクを浸せば塗りやすくなる。あとは「母サラダ」に書いた通りの順で作っていく。ほのかにニンニクの香りが野菜に移って、「これはうまい！」と父を唸らせた。母のサラダは長年、この方式だったと思われる。

私はそのサラダも好きだったが、先に書いたポテトサラダのように、子供はマヨネーズ味に憧れを抱くものだ。

自家製のマヨネーズを作るのに凝った時代もある。大きなボウルに卵の黄身を割り入れて、泡立て器でかき混ぜる。かき混ぜながら、サラダオイルをタラタラ。そしてかき混ぜる。黄身が少しかたくなる。そこへ酢をタラタラ。かたくなったと思った黄身がしだいに柔らかくなる。かき混ぜる。そしてまたオイルをタラタラ。またかたくなる。酢を注ぐ。柔らかくなる。これを何度も繰り返すうち、だんだんとマヨネーズができあがっていく。この変化を見るのが好きだった。でも、できるまでには時間がかかるので腕が痛くなり、へとへとにくたびれるのが難であった。

マヨネーズの進化版がタルタルソースである。母がコロッケや牡蠣《かき》フライを作ると私は決まって、「タルタルソースで食べたい」と言ったものだ。そのせいだったのだろう。小学六年生の頃だったか。母が私の地理の試験勉強につき合ってくれたとき、

「ほら、サワコが好きなソースあるじゃない」

唐突に母が言ったので驚いて、

「へ？　ソース？」

「そのソースの名前に似た海峡って覚えればいいのよ」

それはジブラルタル海峡のことであり、母は私に「タルタルソースを思い出して、その名前を頭にたたき込め」と指導してくれたのだ。今でもジブラルタル海峡という地名を聞くたび、タルタルソースが浮かんでくる。

さて、今回作ったサラダ・ニソワーズは久しぶりのせいか、首尾よくいったと自負して

いる。これはウチのジンクスなのだが、あらゆる料理は初回に成功し、二回目はたいてい失敗する。母がそうだった。どういうわけかしらと母はいつも首をひねっていた。おそらく初回は緊張するせいと、味が新鮮だから成功した気持が強くなる。が、二回目になると、前回の成功例に手と頭が慣れて、だいたいこんな感じで大丈夫ねと、かすかな手抜き感覚が働く。そして失敗する。

久しぶりに作る料理も同様。だから今回のサラダ・ニソワーズは成功したと思われる。しばらく作らないことにするか。

材料は、もちろんジャガイモ、インゲン。どちらも茹でて、ジャガイモはほどよい大きさに切り、インゲンは斜め切りにしておく。もはやここでニースの掟を破っている。あとは、卵を固ゆでにしておくのと、玉ねぎのスライス、オリーブ、トマト、ピーマン、ツナとアンチョビ。他にもニンジンとかレタスとか、入れたい野菜があれば自由に入れてください。

そしてドレッシングは、オリーブオイルと酢と塩胡椒に加え、ニンニクのすり下ろしとアンチョビペーストを少し。分量は、いつもながら、ご自由に。

サラダ・ニソワーズは、ニースで食べることなかれ。ウチで作るのがいちばんだ。

帰ってきた鶏飯《とりめし》

献立作りに苦戦して、他界した母の得意料理に何かなかったかしらと頭を巡らしてみたら、「鶏飯」というものを思い出した。

「今夜は鶏飯にしようかと思ってるの」

秘書のアヤヤ嬢に話したところ、

「鶏飯って、どういうものですか？」

「鶏ガラスープで炊いたご飯の上に、鶏のそぼろと炒り玉子と胡瓜を細かく切ったのと、紅生姜なんかを載せるのよ」

そう答えると、

「ああ、三色弁当ですね」

そう一刀両断にされてびっくりした。言われてみればたしかにそうなんですけどね。しかし、私の頭の中では長い年月、三色弁当と鶏飯は同じ抽斗《ひきだし》に収められていなかった。実際、母の鶏飯が弁当箱に入って出てきたことはない……と思う。我が家で鶏飯は、れっきとした晩ご飯のメインメニューだった。

　母がこの料理をどこで覚えたかは不明だが、私が子供の頃にはよく食卓に登場した記憶がある。少し深さのある大皿の上に、鶏そぼろと炒り玉子と胡瓜の載った色鮮やかなご飯の山盛りがドカンと置かれた。それを大きなスプーンでバランス良く取り分けて、上に紅生姜を載せたり海苔を散らしたりして食べる。他にどんな惣菜が並んでいたかはそのときどきのことでよく覚えていないけれど、鶏飯はまちがいなくその晩のメインを飾っていたはずだ。

　ただ、子供時代の私が食卓に鶏飯が登場したとき、「うわ、うれしい！」と欣喜雀躍したかというと、さほど反応した覚えがない。ああ、鶏飯か。それぐらいの気分だったと思う。決して嫌いだったわけではないが、おそらく私を含めてその時代の子供はもっぱら洋食への憧れが強かったのではないか。鶏飯は、好物の鶏そぼろや炒り玉子がふんだんに載っているとはいえ、どちらかというと和風な趣がある。もっとほら、ホワイトソースたっぷりのマカロニグラタンとか、クリームコロッケとかハンバーグとか、そういう献立だったらいいのにな。かすかながっかり感が心の片隅に芽生えたのだと思う。

　そういう複雑な気持の記憶があったせいか、大人になって鶏飯のことを思い出し、自ら積極的に作ってみようとは思わなかった。だから作り方をよく知らない。母の残した雑誌の料理ページの切り抜きや愛読していた料理本を漁ってみたものの、鶏飯のレシピは見つからなかった。母が生前、こまめにつけていた料理ノートがあったはずだと、母亡き後、部屋を探したが、発見できずじまいである。おそらくそのノートに書き留めてあったのだろう。

昔、母は夕方になるとそのノートをペラペラめくりながら、「うーん、今夜はなに作ろうかしら」と唸っていたものだ。その姿を見つけると私は「貸して！」とノートを引き取って、

「これ作って！」

リクエストしたのはいつもレモンライスである。レモンライスのことは以前にも書いたが、こちらも鶏肉料理だ。バターで炒めた鶏肉、玉ねぎ、マッシュルームにホワイトソースをからめ、最後にレモンを一個分まるまるたっぷり絞り込む。それを白いご飯の上に、カレーライスのごとくかけて食べる。この話をすると、「うわ、お洒落な料理だね」と言ってくれる人もいるが、「つまり酸っぱいホワイトシチューをご飯にかけるようなもんですかね」と怪訝《けげん》な顔をする人もいて、言われてみればそうなんですけどね、ちょっと違うのよと反論したくなる。少女時代の私には、レモンライスは格別にモダンな料理であり、未だに母に作ってもらった酸味の強いホワイトソースの味が忘れられない。

そういえばあの頃、鶏飯を母にリクエストした覚えがあまりない。レシピが出てこないとなったらしかたあるまい。うろ覚えの記憶で作るしかないだろう。

まず冷凍庫に保存しておいた鶏ガラを取り出して、深鍋に入れ、水をたっぷり注いで火にかける。続いて冷蔵庫の野菜室に入っている屑野菜を探す。セロリの先っぽ、長ねぎの青いところ、香菜《シャンツァイ》の根などを次々に鍋へ放り込む。玉ねぎの使い残しも入れてしまおう。最初は強火、沸騰したら弱火にし、浮かんできたアクを玉杓子《たまじゃくし》で取り除く。

お米は通常通り、二合を研いでざるに上げておく。

続いてそぼろ作りだ。鶏のひき肉を片手鍋に入れ、擦り生姜、酒、みりん、醤油、砂糖少々、塩少々を加えてよく練ったのち火にかける。鶏そぼろをもっと濃い味つけにしてある三色弁当もあるように思ったが、我が家の鶏飯はさほど濃い色をしていなかったような気がする。出来上がりは茶色というよりベージュ色の感じだ。

炒り玉子もほぼ同様。擦り生姜は入れないが、酒、醤油少し、砂糖少しに油をちょこっと落としてみる。油と酒を加えると、出来上がりがふわりとする。子供の頃、そう習った。ただし今回は、普通の炒り玉子よりきめの細かい出来にする必要がある。さてどうしよう。と、思いついた。

ほどよく火が通った段階で、鍋から口の狭くて深めの器に炒り玉子を移し、菜箸を右手に三本、左手に三本握り、左右前後にかき混ぜる。しつこくかき混ぜる。必死にかき混ぜる。すると少しずつ、玉子の固まりが小さくなっていき、上品できめ細やかなそぼろ玉子が完成する。どうじゃ？

あとは胡瓜。記憶によると、胡瓜はたしか小さな賽《さい》の目の状態でご飯に盛られていたと思うが、何も味つけはしなかったのか。とりあえず細かい賽の目胡瓜を二本分、作ってみたが、このままではパラパラになりそうだ。私は賽の目に切った胡瓜に塩をまぶし、軽く揉んでおくことにした。こうすれば味がつくしご飯に載せても馴染みやすいだろう。

胡瓜を冷蔵庫から取り出すとき、いんげんを見つけた。いんげんも鶏飯に合いそうだ。さっと茹でて斜めに細く切り、軽く塩を振り、ついでに白胡麻をまぶしておく。

そろそろご飯を炊きましょうかね。鶏ガラスープもいい匂いがしてきた。鶏ガラスープをカップ二杯強ほどボウルに取り出し、そこへ醬油をタラタラタラ、塩を二つまみぐらいかな。酒を少々加えて、ざるから炊飯器に移した米の上に注ぎ入れ、普通通りに炊く。ご飯の味つけは、どれぐらいが適当か。わからない。しかし、上に具をたっぷり載せることを考えると、あまり濃い味になりすぎないほうがいいだろうと判断した。

炊飯器のスイッチを入れ、あとはご飯が炊けるのを待つだけ。そう思ったら、またもや余計なことを思いつく。

鶏飯の具として、椎茸の甘煮があってもいいかもしれない。干し椎茸を水で戻し、少し柔らかくなったら、軸を切り取って、傘の部分を細切りにする。水気を絞り、片手鍋に入れ、醬油、出汁《だし》の素、酒、そして砂糖は、炒り玉子や鶏そぼろよりずっと多めに加える。他の具の味が薄いのに対し、椎茸はしっかり甘辛いほうがアクセントになっていいだろう。

こうして三色ご飯はしだいに具の数を増やし、玉子、鶏そぼろ、胡瓜、いんげん、椎茸甘煮の五種、四色に相成った。いや、海苔と紅生姜を入れると七種、六色だな。

さあ、どのお皿に盛りましょう。そう思ったとき、はたと閃《ひらめ》いた。大皿に盛るのはいいけれど、残ったときが美しくない。せっかくきれいに盛りつけても、大きなスプーンで鶏そぼろの部分を少し、玉子を少し、胡瓜の部分を少しずつと、あちこちに穴をあけて取り分けるうち、陥没した火山のような具合になってしまう。この問題は、母が作った鶏飯の時代から気になっていた。まあ、五人家族だったから、それほどたくさん食べ残すわけではなかったが、鶏飯の晩餐が終わったあとはいつも、陥没した鶏飯山にラップをかけながら、なんだかきれいじゃないなあと思ったものである。

そうだ、いっそ、ご飯を最初から銘々のどんぶりに盛って、具は、それぞれ中鉢に小さなスプーンを添えて食卓に並べてみるのはどうだろう。

「出来たよぉ！」

残業中の秘書アヤヤと亭主殿を呼び、食卓に座らせる。ちなみに副菜として、鶏ガラスープで長ねぎとカブのスープを作っておいた。

「おお、きれいだね」

「三色どころか、具がいっぱいありますねえ」

それもそのはず。鶏そぼろ、玉子、胡瓜、いんげん、椎茸、紅生姜、海苔に加え、前夜の残り物である、カブの葉っぱの梅炒めも並べておいたからなおさらである。

「好きなものを好きなだけご飯に載せてどうぞ」

「うーん、楽しそう。和風ビビンバみたい」

和風ビビンバか。言われてみればそうではあるが、ちょっと違うのよね。

さて食してみた結果。パンパカパーン！

自分で作って言うのもナンですが、こよなく美味であった。なによりご飯に鶏の味が染み込んで、ほのかな塩味が生きている。薄目に味つけをして正解だったと自らを褒める。

もちろん具はそれぞれにご飯とよく合い、勝手に量を調整できる分、味の変化が楽しめる。

そして、おまけと思ってこっそり加えたカブの葉っぱの梅炒めが、なんともいえないアクセントになっていたのには驚いた。

「うんうん、合うねえ」

「合いますねえ。どうやって作るんですか」

アヤヤ嬢に聞かれても、ご紹介するほどのものではない。カブの葉っぱを細かく切って、片手鍋に胡麻油をひき、ジャッと炒める。これが大根の葉っぱの場合は、醬油、砂糖、七味唐辛子で味をつけ、いわゆるきんぴら風に仕上げるのであるが、カブの葉っぱに関しては砂糖味より醬油味だけのほうがおいしい気がするので、砂糖を入れず、かわりに梅干しを細かく叩いて醬油とともに加えてみた。ご飯のお供として重宝する。その食べ残しを鶏飯に載せて口に入れたら、まあ、なんと絶妙な組み合わせではないか。今後、鶏飯には欠かせぬ具としてデビューさせることにした。

娘が作った鶏飯を母が食べたら何と言っただろう。へえ、具がごちゃごちゃと、ずいぶん多いわねえ。そんな声が聞こえてくるようだ。

小さな雑菌

お腹の痛みに目が覚めた。かすかに吐き気も覚える。薄目を開けて時計を見ると、まだ三時前だ。寝返りを打ち、再び目を閉じる。この不快感を忘却のかなたへ押しやってくれる世界へ戻りたい。ところが夢の神様は私をなかなか受け入れてくれない。また寝返りを打つ。不快感は収まるどころか、だんだん広がっていく気配さえある。お手洗いへ行こうか。でもベッドから出るのが面倒くさい。我慢できないほどの痛みではない。しばらく様子をみよう。原因がわかったところで、寝るしか手立てはないのだから。きっと朝までには治るだろう。

なかなか寝つけぬ頭で考える。今日はどういう予定だったろう。たしか出かける仕事はなかったはずだ。でも明日の午後には大事な対談がある。それまでに回復するだろうか。直前のキャンセルはできそうにない仕事だ。この気持の悪さがそれまでに収まってくれればいいが。それにしても昨晩、何を食べたっけ。お刺身か。マグロとカツオのタタキがおいしかった。店の人に初ガツオだと説明された。もしかして、あのカツオか……？　新鮮な魚に寄生虫のいる可能性は大きい。まさか、アニサキス。もしアニサキスだったとしたら、これで人生三回目の遭遇という計算になる。

かつて、某作家に……って伊集院静氏のことでありますが、笑われたことがある。氏がアニサキスに二度、苦しめられたとおっしゃったので、「ああ、私も二回、経験しました」と答えたら、仰天された。

「二回？　アンタも!?」

それほどまでに驚かれた理由は、伊集院氏のエッセイに記されている。

――ところが何万人か、何十万人に一人、喰意地が張って、よく嚙まずにイカ、サバを胃に放り込むバカがいる。そういう人が（ほとんどそういう輩は男ですが）夜中、救急車で運ばれて緊急入院するんですナ。

さらに、

――だいたい一度やると、痛みに懲りて、それ以降、イカ、サバは注意して食べる故に、このアニサキス症になる奴はほとんどいない。バカである。（『不運と思うな。大人の流儀6』講談社刊）

そして伊集院さんは二度、なった。だがまさか、自分と同じようなバカ、しかもオンナに出くわすとは、思っておられなかったらしい。

私の第一回アニサキス事件は十五年以上前にさかのぼる。やはり夜中、激痛で目が覚めた。お腹の痛みのみならず、どうにも我慢できないほどの吐き気が伴った。暗闇の中、寝室とバスルームを何度も往復し、まさに七転八倒のうちに夜が明けた。

その日はあいにく、出かける仕事があった。憔悴《しょうすい》した身体に毛布を巻いて、迎えの車に這うようにして乗り込んだ。テレビ番組の収録である。楽屋に入ると番組のスタッフが心配そうに駆け寄ってきた。

「顔色悪いですよ、大丈夫？」

不思議なことに、激しい痛みは断続的にやってくる。痛い痛いと悶絶していると、なぜかまもなく楽になる。もう大丈夫か。と思うと、また激痛に襲われる。その頻度が計れない。

「陣痛みたい」

そう答えると、「そんなわけないでしょ」と軽くいなされて、

「収録、できそうですか？」

私が司会役である。休むとなったら早めに申し出ないとまわりに迷惑がかかる。

「なんとかなると思うけど……」と強がりを言う横からまた激痛が始まる。

「とにかく近所のお医者さんに行きましょう」

親切なスタッフの付き添いを得て、スタジオに近い胃腸科病院で診てもらうことになった。

「どんな痛みですか？　どこらへん？」

待合室で待機しているときは、気絶するかと思うほどの苦しみだったのに、診察室に入り、医師の前に向かった途端、どうしたんだ、お腹ちゃんと、問いたくなるほど痛みが薄い。

「いや、さっきまで死にそうに痛かったんですけど、今はさほど……」

医師はしばらく私のお腹を押したり叩いたりしながら、

「昨日の夜は何を食べましたか？」

医師の問いに私は、

「お寿司を……」

「どんなお寿司？」

「どんなって、ものすごくおいしいお寿司をたくさん、いろいろ」

するとお医者様、すべて納得といった爽やかな表情を浮かべておっしゃった。

「あ、それアニサキス。胃カメラで診ます」

そのとき私は初めて「アニサキス」という言葉を聞いた。そしてそれが、胃壁に穴を開け、放っておくと腸へ到達し、腸閉塞の要因となる寄生虫であることを知った。

ただちにその医院にて、胃カメラ手術を施され、すなわち胃カメラで虫の居所を見つけてそのまま極小のクレーンを胃カメラの管に差し込み、クレーンの先で釣り上げるという

新潮社

新刊案内

2023 **2** 月刊

あなたはここにいなくとも

町田そのこ
2月20日発売
●1705円

人知れず悩みを抱えて立ち止まっても、あなたの背を押してくれる手はきっとある。もつれた心を解きほぐす、かけがえのない物語。

351083-3

母の味、だいたい伝授

阿川佐和子
3月1日発売
●1540円

結婚もした、両親も看取った、残るは〈あの欲望〉だけだ。コロナ禍の中でも変わらぬ食欲と好奇心から生まれた風味絶佳なエッセイ集。

465523-6

2023年2月新刊

すみれの花、また咲く頃

タカラジェンヌのセカンドキャリア

早花まこ
3月1日発売
●1650円

元宝塚雪組の著者が、9名の元タカラジェンヌを徹底取材。夢の世界を生きた葛藤と次なる挑戦を描く、涙と希望のノンフィクション！

354921-5

乱歩、芥川、三島――本から本へ無限に広がる物語

雪月花 ―謎解き私小説―

北村 薫

ワトソンのミドルネームや〝覆面作家〟のペンネームの秘密など、本にまつわる数々の謎……手がかりを求め、本から本への旅は続く！

●693円 137336-2

2023年本屋大賞ノミネート『＃真相をお話しします』著者

プロジェクト・インソムニア

結城真一郎

極秘人体実験の被験者たちが次々と殺される。悪夢と化した理想郷、驚愕の殺人鬼の正体は。大ブレイク中の新星による傑作長編ミステリ。

●825円 103262-7

『家守綺譚』の姉妹編にあたる傑作青春小説

村田エフェンディ滞土録

梨木香歩

125345-9

新潮文庫 2月の新刊

※表示価格は消費税（10％）を含む定価です。出版社コードは978-4-10です。

左京・遼太郎・安二郎 見果てぬ日本

片山杜秀

小松左京、司馬遼太郎、小津安二郎。巨匠たちが問い続けた「この国のかたち」を解き明かし、出口なき日本の今を抉る瞠目の評論。

●880円 104471-2

テロルの原点 ―安田善次郎暗殺事件―

中島岳志

「唯一の希望は、テロ」。格差社会で承認欲求と怨恨を膨らませた無名青年が、大物経済人を殺害した。挫折に満ちた彼の半生を追う。

●693円 136573-2

奪還のベイルート 上・下

D・ベントレー 村上和久訳

拉致された物理学者の母と息子を救え！ 大統領子息ジャック・ライアン・ジュニアの孤高の死闘を描く軍事謀略サスペンスの白眉。

●各781円 247277-4,78-1

潮文庫nex

人形島の殺人 ―呪殺島秘録

萩原麻里

259-6

手術をし、その一部始終を、モニター画面で私は涙を流しつつも目撃したという、その顚《てん》末《まつ》はすでに他所《よそ》に書いたので割愛するが（ぜんぜん割愛してないけど）、とにもかくにも、医院のお医者様の即断即決のおかげで大事に至らず済んだ。そして手術後は、すぐにスタジオへ戻り、二本目の収録に出演した（一日に二本分収録するところ、一本目は欠席した）のである。虫さえ取り除けば、術後の違和感が多少は残るものの、簡単に元気を回復する惨事であった。

それ以来、伊集院氏がおっしゃる通り、バカな私とて、生魚を食べるときは極めて慎重に、よく嚙んでから胃袋に入れるよう心がけていたつもりだ。それなのに、なぜか二匹目のアニサキスに遭遇することとなる。

もっとも二度目は初回ほど重症には至らなかった。同じく夜中。お腹がシクシクしたものの、一回目ほどの激痛にはならぬまま朝を迎える。そしてその日一日を難なく過ごしたのだが、夕方になって友人から電話があった。

「もしもし、アガワは大丈夫だった？」

前日、お寿司をともにした友である。

「え？」

「実は俺、今朝からお腹が痛くて、たまらなくなったので会社の医務室にいって診察してもらったら、アニサキスがいるって言われて」

となると、私の夜中のシクシクも、アニサキスの仕業だったということか。どうやら今回のアニサキスはイカにいたと思われる。なぜなら、その晩、我々は新鮮なイカを存分に食べた記憶があるからだ。

「イカだな」

「イカだね」

合い言葉のように唱え合って電話を切ったが、幸いなことに私のアニサキスは比較的、おとなしく通過していった。

生魚に当たって腹痛を覚えることは、はるか昔からあったはずである。昔は「虫下し」という薬を処方して難を逃れたという。聞くところによると、人体に入ったアニサキスは放っておいても普通は二、三日後に死滅するそうだ。ただ稀に、やたらと丈夫な奴がいて、それが胃壁を掘り起こし、さらには腸まで達する場合があるらしい。そうなると生死にかかわる。あるいは生きた状態で胃壁の表面をにょろにょろ動く程度のものもいるという。内視鏡などない時代である。実際にその動きを見た人はいなかっただろう。いずれにしても、私にとって二匹目のアニサキスは、胃壁をにょろにょろ動く程度のものだったのではないかと思われる。

だいぶ話は逸れましたが、今回の夜中の腹痛は、激痛とまではいかないものの、度重なるピイピイと、かすかな吐き気を伴った。やはりアニサキスの仕業だろうか。

先に引用した「懲りない女《ひと》」と題する伊集院氏のエッセイは次なる一文で締めくくられている。

――さて三度目のアニサキス症をどちらが先に達成するか。よく嚙みなさいよ、阿川佐和子さん。

私が達成したとしたら、伊集院さん、どれほど欣喜雀躍なさることだろう。

お腹の痛みと熱が少し収まって、ピイピイのしばし遠のく頃合を見計らい、お尻の穴に意識を集中しつつ、私は近所の内科に赴いた。

「昨日は何を食べましたか？」

予測していた質問である。私は医師に告げた。

「昨日の夜は、お刺身を。でもそんなにたくさんではないし、一緒に食べた同居人はぴんぴんしているんですけれど」

すると女医さん、メモを取りながら、

「では、一昨日は？」

一昨日？　一昨日の食べものがこの腹痛に関係するのでしょうか。すると女医さんはニッコリ笑っておっしゃったのである。

「その痛みの様子だと、即効性のウイルスが入ったというより、なにか小さな雑菌がお腹に入ってから二、三日ぐらいかけてじわじわ増殖したという感じに見えますねえ。それほど強力な菌でなくても、お腹で増殖してオイタをすることもあるんです」

そこでハタと思いつく。小さな雑菌と言われれば、そのたぐいのものは日常的に口へ入れている。最近で思い当たるのは、ココナッツミルクだ。作り置いた牛すね肉のポトフがだいぶ煮詰まってきたので、そろそろ変身させようと思いつく。冷蔵庫を開けて、変身材料に手頃なものはないかと探したら、すでに開封してだいぶ経つココナッツミルクの缶詰を発見。ココナッツミルクは、一度に一缶を使い切ることがめったにない。三分の一ほどの分量を使い、その後、冷蔵庫に保管して、次の登場の機会を待つのだが、ココナッツミルクというシロモノは、さほど登場頻度の高い役者ではない。そしてまもなく待機していることと自体を、忘れる。「おお、そういえばココナッツミルクがあったな」と思い出したときはだいたい変質しているという具合だ。

そして今回も、そうだった。と言っても、表面が少し「黄色っぽいかなあ……」ぐらいの程度であった。どうせ煮込むのだ。発酵したと思えばいい。私は缶に残ったココナッツミルクの表面の、少し変色した部分だけをスプーンで掬《すく》って捨て、誰にも目撃されていないことを確認した上で、ポトフの鍋にドバッと投入。さっさとかき混ぜた。そこへカレー粉を入れれば、エスニック風のカレーになる。が、今しばらく、ココナッツミルク味ビーフスープを堪能しよう。

「なんか、食べるものある?」

我が家の同居人がふらりと台所に現れた。満を持して私は返答する。

「ポトフをちょっと変身させたけど、食べる？」

「いいね」

温めて、スープ皿にたっぷり盛る。私も小さな椀に自分用を盛る。

「おいしいね」

「そう？　よかった」

もしあのスープが「小さな雑菌」の主犯格であったなら、同居人も間違いなく当たっているはずだ。だからココナッツミルクのせいではないと思うのだが、判然としない。他にも「小さな雑菌」のもとがあったかしら。豆スープに加えた少し古いベーコンか。あるいはだいぶ年季の入ったヨーグルトか。思案しつつ、今、私は、同居人の動向を静かに見守っている。

味噌汁の道

これまでの生涯で、味噌汁に感動したことが数回ある。

そもそも普段の食事に「味噌汁がなきゃ困る」と思うほどの味噌汁好きではない。嫌いではないが、なくても不満はない。汁物系であるならば、むしろ洋風のスープを好む。だからこそ、「味噌汁がおいしい！」と思うことは、私にとって珍事なのである。

母は食卓に毎回、味噌汁を並べることはなかったと記憶する。なぜかは知らない。父がそれほど好んでいなかったのかもしれない。

子供の頃の食事習慣はのちのちまで引きずるものらしく、その後、私が親の家を出て一人暮らしを始めたあとも、あまり味噌汁を作ることはなかった。ところが三十代の終わりにアメリカで一年間暮らすうち、ある日突然、

「おいしいお味噌汁が飲みたい……」

しみじみと、唸るがごとく呟いたことを覚えている。そしてどうしたか。定かな記憶はないけれど、たぶん日本の食料品を置いているスーパーへ飛んで行ってインスタントの味

噌汁セットを買って作ったのではあるまいか。それはそれでおいしかったと思うが、心底感動するほどのものではなかった。

心底感動したのはアメリカから帰ってのち、四十歳を過ぎたあとである。雑誌の仕事で料理の先生に師事し、日本料理を一から修業することになった。そして味噌汁の作り方を基本から教わった。

まず、きちんと出汁《だし》を取ることから始める。出汁昆布を、水を張った鍋に沈める。火をつけて煮出し、沸騰したらそこへ大量の削り節を投入。すぐに火を止めて、しばらく放置。削り節の香りがしっとりと湯に染み込んだ頃を見計らい、ざるで漉《こ》して別鍋へ移し、こうして金色に光る透き通った上等の出汁が出来上がる。

この香り高き出汁で作った味噌汁を飲んだとき、驚愕した。味噌汁って、こんなにおいしかったのか！　かくして私は味噌汁に目覚めた。以来しばらくは先生に教えていただいた通りの作り方で出汁を取り、味噌汁を作り続けた。

出汁さえ丁寧に取ればおいしくなる。そう信じ込んだ。味噌は何でもいい。あえて選ぶならば赤味噌系が好みだ。そこで私はもっぱら八丁味噌などの赤味噌一筋で味噌汁を作った。

さて具はなにを入れようか。上等の出汁と赤味噌さえ揃えば、何を加えてもおいしそうだ。いやむしろ、出汁の味を大切にするためにはシンプルなほうがいいだろう。そう思い、豆腐か大根の千切りを好んで入れた。たまにワカメを使うこともあるが、その程度の変化で長らく満足した。そのうち大根の味噌汁は、作りたての熱々を飲むよりも、残った分を冷蔵庫で冷やし、翌朝飲むとおいしいことに気がついた。一晩おくと淡泊な大根に味噌の味が染み込んで甘味が増す。

ついでに告白すると、私は味噌汁に梅干しを種ごと入れる癖がある。冷たい味噌汁に梅干しの酸味がよく合う。昔から母がそうしていたのを真似ただけである。

こうして毎日とは言わないが、比較的頻度高く味噌汁を食事の一品に加える日々を続けるうち、しだいに面倒になってきた。味噌汁を作ることがではない。出汁を丁寧に取るのをサボりたくなった。折良くその頃からパック入りの上質な出汁が出始めた。季節季節の頂き物に、その種の出汁が届いた。こうして私のパック出汁味噌汁時代が始まった。

そんな時代を過ごすうち、あるとき天ぷら屋さんに赴いて、最後に天丼とともに供される味噌汁を飲んで驚いた。どうも自分が作る味噌汁とはレベルが違う。なぜこんなにおいしいのだろう。

「出汁は何を使っているんですか？」

店の人に問うてみた。すると、

「ああ、ウチは炒り子を使っています」

なるほど炒り子で出汁を取る手があったか。私はそれまで炒り子で出汁を取ったことがなかった。

ところで炒り子と煮干しの違いはなんでしょう。

調べたところ、どうやら基本的には同じものらしい。どちらも主にカタクチイワシを乾燥させたもの。一般的に関西ではそれを「炒り子」と呼び、関東では「煮干し」と呼ぶらしい。

天ぷら屋さんの一言に発奮し、煮干しを使って出汁を取ってみようと思い立つ。が、どうやら煮干しで出汁を取るためには事前に頭と内臓を取り除かなければならないことを知る。ちょっと面倒ねと思った。ためしに一度、挑戦してみたが、やっぱり面倒臭かった。

そんな頃、料理研究家の土井善晴氏にお会いした。土井さんは日本の家庭料理を初期化する必要があると提案しておられる。すなわち、あれこれさまざまレシピが氾濫《はんらん》しすぎて一家の台所番は疲れ切っている。もともと日本人は一汁一菜で満足していたはず。具だくさんの味噌汁とご飯、あとは少しの香の物さえあれば、じゅうぶんにバランスよく栄養を摂ることができる。さらに一品、欲しいなら、刺身なり肉料理なり洋風惣菜なりを加えればいい。そう考えれば、ご飯作りは決して苦にならないはずだとおっしゃる。

「『具』は何を入れても結構です。畑のお肉と言われる豆腐や油揚げは大豆食品。肉や魚介、ベーコンやハム、卵はタンパク質や脂質。（中略）前日の残りの鶏の唐揚げを野菜と煮込んで味噌汁にしてもよいのです」（『一汁一菜でよいという提案』土井善晴著、新潮文

庫）

実際、土井さんのご本には、ベーコンのかたまりや目玉焼きやトーストや、出汁に使ったであろう煮干しが数匹入った味噌汁の写真が掲載されている。そうか、なんだっていいんだ。気楽に作ろうと思うことのほうが大事なんだ。

そして私は、ある煮干し出汁の取り方を実行に移した。いや、ついさっきまで、これは土井さんに教わった方法だと信じ込んでいた。が、このたび本原稿を書くにあたって土井さんとの対談記事、テレビ番組のトークを見直し、さらに当時、対談に立ち会った担当編集者にも問い合わせて確認を取ってみたのだが、

「いやあ、土井さんはおっしゃってなかったと思いますよ」

たしかに対談記事にもトークの録画にもその痕跡は見当たらない。ならばどうして知ったのか？

「アガワさんがやってみたっておっしゃったのは覚えてます」

担当編集者に指摘され、この方法の出自が不明になった。

その方法とは、ペットボトルに煮干しを数匹突っ込んで、口まで水を張り、蓋をして冷蔵庫へ入れる。頭も内臓も取らない。そのまま一晩寝かす。翌朝、その煮干し水漬け出汁を使って味噌汁を作ると、なんと気楽な気持になることか。頭や内臓を除かなくても味に遜色はない。少なくとも私はそう思った。ついでに一晩しっとり水に浸かった煮干しは味

噌汁の具にしてもよし、油で炒って酒の肴にしてもよし。私は味噌汁を作る片手間にペットボトルから出した煮干しを一匹ずつつまむうち、食べ切ってしまうことが多い。カルシウム補給にいい上、無駄が出ない。

私の煮干しペットボトル出汁味噌汁時代はこうしてしばらく続いたのであった。ところがまもなく小さな事件が起きた。ある朝、冷蔵庫を開けたらしき家人から「ギャッ」という声が発せられた。

「どうしたの？」

駆け寄ると、家人が不審に満ちた顔でペットボトルを睨みつけている。

「これ、お茶じゃないのね？」

ペットボトルの中の薄茶色をした液体の、底面と水面に数匹の煮干しがギョロリとした目をこちらに向けて浮かんでいる。どうやら相方はそれをお茶と間違えたらしい。その光景はなるほど不気味である。昔、メダカを飼っていた頃、酸素が不足して弱ったメダカたちが、こんな表情で浮かんだり沈んだりしていたのを思い出す。

煮干しペットボトルを作りにくくなった。こうして私の煮干し味噌汁ブームは終わった。

再び、パック出汁時代が到来した。が、ときどき気を入れて、出汁昆布を煮出し、沸騰したところへ大量の削り節を入れて、本格的な上等の出汁を取り、それを使って味噌汁を作るようにした。蟄居《ちっきょ》生活に入って時間に余裕が出来たので、少しは手間をかけてみようと思った。ところが、丁寧に作ったつもりの味噌汁が、今一つ、おいしく感じられない。なぜだろうか。おいしくないと作る気力が薄れる。そして私は味噌汁から気持が遠のいた。

そんなとき、映画の撮影で食卓シーンの際、目の前に味噌汁が供された。カメラが回る。台詞を言いながら、箸を握ってご飯を一口、そして味噌汁を一口。

「ん？　おいしい！」

思わず味噌汁椀に目を落とした。なめこが入っている。味噌はごく普通の信州味噌風。おいしいからといって、どんどん飲むわけにはいかない。箸でなめこをつまみ口に運び、続いて汁を一口、その合間に台詞も言わなければならない。何度かカメラを回し、そのたびに味わって、とうとう「はい。このシーン、終了です」。号令がかかっても私はその場を立ち去るに忍びない。さりとていつまでも味噌汁をすすっていると進行の邪魔になる。未練を残してその日は帰ったが、私は気がついた。

なめこという手があったか……。

翌日の撮影の合間に私は道具係の細谷さんにすり寄って、あなたの作った味噌汁がおいしくて忘れられない、なめこの他に何を入れたの？　出汁はなに？　と質問攻めにした。

「えー、別に普通ですよぉ。なめこと厚揚げとねぎを入れただけ」

照れた様子でそう言うと、彼女はまた忙しそうに持ち場へ戻っていった。

よし、今日はなめこの味噌汁を作ろう。丁寧に削り節と昆布で出汁を取り、今度こそ、おいしい味噌汁を完成させてみようぞ。意気込んだついでにもう一度、土井さんの本をペラペラめくる。

「だし汁は濃ければ良いというのではありません。（中略）味噌汁のおいしさは味噌が主役ですから、味噌の風味を殺すほどの濃いだし汁は、味わいが重くなるからです。『今日はとびきりおいしい味噌汁を作ってあげよう』と意気込んだとき、いつもより削り鰹を一つかみ多くしてだしをとる。だからといって、おいしい味噌汁ができるものではありません」

ギクリ。味噌汁はまだそうとうに奥が深そうだ。

朝夜交換記

朝ご飯はいつもだいたいパンである。

そもそも朝食は食べない主義（というほど強い意志ではないけれど）を長年通してきたのだが、六十歳を過ぎて結婚したら、亭主がきっちり三食食べる人だったおかげで食事のリズムが変わった。かわりに昼食を摂らなくなった。と豪語しつつ、新型コロナの蟄居生活が始まると、相方につられてつい、「一口だけね」と言いながら、正午の時報を過ぎた頃、前夜の残り物を漁ったりお茶漬けをすすったりラーメンを作ったり、夏の季節にはソーメンを茹《ゆ》でたり。「食べないって言いながら、よく食べるね」と周囲に呆れられるほどの規則正しい食生活を続けている。

思えばこれは父親譲りかもしれない。前にも書いたが、各所で父は気取った調子で言っていた。

「私は原則的に一日二食しか食べないんですよ」

いわく、家族の寝静まった夜中を執筆時間に充てているので、毎日徹夜をする。だから家族が起き出した朝方にはひどくお腹が空いている。

「いい加減に起きてもらいたいね。俺は腹が減って死にそうだ」

父の不機嫌そうな台詞に何度、母と私はたたき起こされたことだろう。

それは旅先でも同じであった。香港に父母と三人で旅行したとき、私はすでに大学を出てじゅうぶん大人になっていたが、別の部屋を取ってもらうことはなく、両親が寝ているツインベッドの脇に備えられたソファで寝るハメとなった。

朝、ただならぬ気配を感じて目を開けたら、間近に父の大きな顔があった。

「お前はよく寝るなあ。そろそろ起きたらどうなんだ？　俺はお粥を食べに町に出たいんだがね」

時計を見るとまだ七時だ。しかし父はすでに出かける気満々で、服を着替えて構えている。寝坊をする娘にほとほと閉口している忍耐強い父という顔つきだ。しかし、こちらとしても言わせていただきたい。前夜、晩ご飯を食べてホテルの部屋に帰ってきたら大音量で何度もオナラをし、服を脱ぎ散らかし、パジャマに着替え、脱いだ下着を「おい、洗っておいてくれ」と母と私の方角へ投げ捨てて、歯を磨き、大音量で痰を吐き、ベッドに倒れ込んだと思ったら、大音量のイビキを搔いて深い眠りについたのは、いったいどなたですかいな。こちらは母と一緒に父の服や下着の始末をし、お風呂に入って、父のイビキをＢＧＭに母としばらくお喋りし、ようやく小さなソファに潜り込んだのは夜中近くである。

それからどれほど寝付けなかったことか。

「父さんのイビキで寝られなかった」

ささやかに抵抗してみるが、

「ああ、そうかい。とにかく早く着替えなさい」

まったく悪びれる様子はない。傍らの母はさすが長い年月の鍛錬の成果か、文句も言わず淡々と支度をしている。

香港の朝はさておいて、日頃からそれほどに朝食を楽しみにしている父であった。自宅でも朝ご飯をたっぷり食べ終えると満足してしばしの朝寝タイムを過ごすと決めている。そして昼頃にごそごそと書斎からパジャマ姿で現れるのだが、そのときはたして昼食を食べないか。

「俺はいらん」

口ではそう言うが、家族が集《つど》って何かを食べている様子を見つけるや、

「おい、一口」

母が慌てて父の分を皿に盛ると、

「ちょっとでいいんだ、ちょっとで」

そう言いつつ、おかわりを求めたりする。

言っていることとやっていることが違うではないか！

と、亡き父を叱る権利は私にない。私は父とこんなところまで似ているかと思うと、情けないやら悲しいやら。

父の悪口を言い出すと止まらない。話を戻す。私の朝食であった。

朝起きると夫婦の会話はまず、「パン、あったっけ？」「もう焼いていい？」「一切れ食べられる？　半切れにする？」といった具合である。問答しつつ、心の中で迷っている。前夜、食べ過ぎた。まだお腹が重い。今朝は食べるのをやめておこうかしら。そう思いながらパンをトースターにセットして、トーストとともに食べるおかずを考えている。

実はベッドを出る前から考えているふしがある。目をつむったまま、そうだ、トマトをミキサーでギュイーンして、少し砂糖を入れてトマトジュースを作ろうとか、ソーセージを焼こうかとか、朝からシーザーサラダを作るのもお洒落かしらとか、いやいや、キュウリをそろそろ使い切らなければならないから、キュウリを薄い輪切りにしてマヨネーズで和えるか、それとも斜め切りにして薄切り玉ねぎと一緒にキュウリサンドイッチにしようとか……。お腹が重いと思っているわりに、パンに合うおかずがいろいろ頭を駆け巡る。

お腹が重いくせに、玉子料理を食べたくなることも、ままある。はて「なに玉子」にしましょうかね。スクランブルエッグ、目玉焼き、茹で玉子……。最近、ようやく半熟玉子を上手に作れるようになった。

今やネット時代である。「失敗しない卵の茹で方」なんぞは、スマホをチョンチョン押せばいくらでも出てくる。いくつか比較検討してみると、多くのレシピに「冷蔵庫から出したての冷え冷え卵を熱湯に投入する」とある。いや、そんなことをしたらたちまち殻にヒビが入ってしまうだろうと思うのだが、「大丈夫」と太鼓判が押されている。

「卵を熱湯に浸すときはお玉などにのせ、そっと入れれば割れません」

ほんまかいな。

続いて、茹でる時間は固ゆでなら十二分、普通で十分、半熟は六分だそうだ。

ほんまかいな。

だって私は幼い頃より、父に「二分半」と教えられてきた。半熟のおいしい茹で玉子を作るには、二分半が最適だと。実際、アメリカに行ったとき、レストランでボイルド・エッグを注文したら、

「ハウ　メニ　ミニッツ？」

ウエイター氏に問われた。そこで私は、

「ツー　アンド　ハーフ　ミニッツ」

自信満々に答えたら、ウエイター氏、いかにも「よく知ってるね」と言いたげな笑みを浮かべて、「シュア、マム」と丁寧に頭を下げ去って行った。そしてまもなく白い陶器のカップに入った愛らしい白い玉子が二つ、お雛様のように運ばれてきた。さっそく添えられたスプーンにてコンコンと頭を叩き、上部の殻だけを取り除いて中身をすくい取って見

てみれば、なんと上出来の半熟状態であることか。そのとき私は確信したのだ。

「たしかに二分半だわね」

あれはいったい何だったんだ？　どの段階から勘定して二分半だったのだろう。お湯が沸騰した直後にストップウオッチをセットするということか。そのとき使う卵は冷蔵庫から出したばかりの冷え冷え状態のほうがいいのか。それとも常温に戻してからのほうがいいのか。はたして正解やいかに？

ここで実験をして結果を報告するのもいいけれど、それはあまりに野暮というもの。読者諸氏のお楽しみとして残しておくことにしよう。

それにしても、朝食に「パンと玉子料理」という組み合わせはいつ誰が決めたのだろう。私は昔から「目玉焼きはパンよりご飯のほうが合う」と秘かに思っている。白身の端っこを少し焦がしてカリカリ状態になった目玉焼きに醬油を少々かけ、それを炊きたての白いご飯に載せたときの喜び。しかもそれを晩ご飯として食したい。と、ときどき思いつくのだが、

「今夜のおかず、どうする？　目玉焼きにしようか」

そう言い出しにくい空気がある。一人晩ご飯のときはいいかもしれないが、そうだとしても相当の手抜き献立と思われるきらいがある。目玉焼きをメイン料理として、サイドに野菜サラダと味噌汁とお漬け物。なかなかお洒落ではないか。肉が欲しいというのならば、

目玉焼きをハムエッグかベーコンエッグにすればいい。そうそう、ベーコンも本質的にはパンよりご飯に合うでしょう。白いご飯の上に油のギトギトしたベーコンを載せ、これにもまた醬油をタラリ。書いているだけで食欲をそそられる。でも、晩ご飯にそのような献立を供したことは、たぶん、ない。

反対に、前夜に残して冷蔵庫に保管しておいた冷たい味噌汁は、パンとよく合いますよ。温かくしてもかまわないけれど、カリッと焼いてバターをたっぷり塗ったトーストには、冷えた味噌汁の清々《すがすが》しさがなんともいえず滋味豊かである。

昔々、アメリカのスーパーマーケットで「モーニングステーキ」という名札のついた小さなステーキ肉が売られていた。そんな名前がついているところを見ると、どうやら朝ご飯用のステーキということだろう。無視できない魅力に誘われて、さっそく買い込んで朝からステーキを焼き、パンと一緒に食べたところ、なんという贅沢な味わいであることか。ステーキ肉そのものが格別においしいわけではなかったが、朝ご飯にステーキを焼いて食べているという、そのゴージャスな状況が格別のおいしさを引き立てたのだと思われる。以来、ときどき試してみたけれど、コレステロール値が高くなったことや、朝っぱらからステーキを食べることに少々、引け目を感じたせいなどで、この数年は控えている。でも、書いたらまた、食べたくなったぞ、モーニングステーキ。

人間同様、食事もまた、意外性が驚きや感動をもたらすものだ。朝に食べるものと深く疑問も抱かず決めているものを、あるいは夜の料理と決めているものを、たまにひっくり返して食べてみれば、新たな楽しみに出くわすことがある。

そういえば思い出した。また玉子の話に戻るけれど、私はお寿司屋さんに行くと、自分への土産として玉子焼きを注文して持ち帰ることがある。確固たる目的があるのだ。翌朝、朝食用にトーストを焼いたとき、持ち帰った寿司屋特製甘口玉子焼きを薄く切り、パンの上に載せる。あるいはパンの間に挟む。そのとき、レタスやキュウリの薄切りを一緒に挟んでもよし。ちょっと甘めの和風玉子焼きが、パンとよく合っておいしいのだけれど、その話をして、「へえ、おいしそー。今度、私もトライしてみます」と同調してくれる人は、あまりいない。

ウチ外食

外食をするときの小さな自分の約束事は、家では上手に作ることのできない料理をなるべく注文する。そういう料理は家で作ろうとしないで、お店へ行ってプロの味をぞんぶんに楽しむということだ。

たとえば中華料理のフカヒレの姿煮とかナマコの醬油煮とか。天地がひっくり返っても、このたぐいの料理を家庭で作るのは不可能である。

実は一度、乾燥した状態のフカヒレをよそ様からいただいたことがある。

「アガワさんが好きだと聞いてお届けします。是非、挑戦してみてください」

手紙も添えられていた。そりゃ、好きですよ。高価な料理だから中華料理店に赴いて毎回注文するほどの勇気はないけれど、ごちそうして下さるというのなら、積極的に注文したいメニューの一つである。しかし、好きだから調理できるわけではない。

しかもその乾燥フカヒレの見た目といったら、カイロ博物館に展示されている古代人のミイラのごときおぞましさ。茶色のシワシワだらけで（おそらくヒレのヒダであろう）、これを激しく振れば殺人も可能かと思えるほどのカチンカチン具合である。

でも私は果敢に挑戦した。乾燥フカヒレの横に添えられた「フカヒレの戻し方」という説明書きに従って、よく覚えていないが、蒸し器に入れて、蒸しては冷まし、蒸しては冷まし、それを五回ほど繰り返し、深鍋に移し、水を加え、闇が訪れようと夜が明けようと延々と、カチンカチンのフカヒレとひたすら向き合った。その結果、どんなに時間をかけても、どう工夫しようと懇願しようと、フカヒレ君は決して柔らかくなってくれないことを悟ったのである。

以来、私は心に決めた。

フカヒレは、レストランで食べるに限る！

フカヒレほど調理が困難でなくとも、専門店で食べるほうが必ずやおいしいものは他にもある。その最たるものが天ぷらと寿司であろう。

天ぷらをご家庭で上手に揚げることのできるお母さんはたくさんおられる。

「簡単よぉ。最近の天ぷら粉はよくできているから、失敗しないの」

いくらそう言われても自信がなかった。自信がないから滅多に作ろうとは思わない。めったに作らないから上手にならない。その悪循環が数年前の事件を生み出した。

これも以前にあちこちで書いたり喋ったりしておりますが、父の臨終の床にて大失敗をしたのである。

その年の夏の盛りのことである。もはや体力は衰えて、食べる力も失いつつあった頃、それでも父の頭には「旨いものを食べたい」という欲だけ残っていたらしく、病院のベッドに横たわった状態で、

「マグロの刺身が食いたいなあ。上等の鯛の刺身もいいなあ」

「明日はステーキがいい」

うわごとのように呟くので、健気《けなげ》な娘は奮起した。よし、お父ちゃんが「旨い！」と唸って元気になりそうなものをなにか届けてみようではないか。その後、私は中トロの刺身、生ウニ、鯛の刺身……といってもスーパーで買った刺身パックではありますが、病室に持ち込んで、喉に詰まらぬよう小さく刻んでそっと口元に運んだ。

「おいしい？」

「うん」

か細い声で父は返答した。よっしゃ。

翌日は、知人から届いた格別においしいローストビーフを薄く切り、ラップに包む。それは以前にも父が気に入っていたローストビーフであり、喜ぶこと間違いなしであった。それだけでは物足りないかと、たまたま手元においしいとうもろこしがあったので、これをどうにか父に食べさせる手立てはないものかと考えた。

「そうだ、天ぷらにしよう！」

思いついたのである。ここでようやく天ぷらの話になりましたね。それでどうしたかって？　聞くも涙、語るも涙の物語である。

私はそのとうもろこしの粒を一つずつ芯からはずし、傍らのボウルに水と氷を二つほどと玉子と、天ぷら粉がなかったので薄力粉をさらさらっと投入し、菜箸で混ぜすぎない程度に混ぜた。ちなみに氷を入れるのは、昔、母がそうしていたからである。

粉と液体のまだら混在状態の衣の中へ、とうもろこし粒軍団をひとかたまり突っ込む。それをすくい網に載せて、熱した油の中へジャーである。アツアツのとうもろこし天ぷらの上に塩をぱらぱらっと振りかける。おお、おいしそうではないか。病院へ持っていけば冷めてしまうことは覚悟の上。父は昔からとうもろこしの天ぷらが好物であった。きっと喜ぶことだろう。

ベッドの背中を少し立て、まず私は到来物のローストビーフのひとかけらを父の口元へ運ぶ。父はそれを小刻みに震える口で受け止めると、もはや入れ歯も入っていない口内にてしばし咀嚼《そしゃく》し、黙って頷いた。まずまず成功だ。そこで私は父に問いかけた。

「とうもろこしの天ぷらも作ってきたんだけど、食べてみますか？」

すると父の目が動いた。どうやら興味がありそうだ。よし、では行きますぞ。私は冷めたとうもろこしの天ぷらを小さめにちぎって父の口のそばへ持っていく。父が口を開け、待機する。そこへポン。父の口内に投下され、しばしの咀嚼タイム。

「どう？」

私が問うと、父はしばらく咀嚼を繰り返し、それから妙な口の動きを始めた。

「ん？　どうした？」

黙って口を動かし続けたのち、半分かみ砕かれたぐちゃぐちゃの黄色いかたまりを口先と舌を使って外へ押し出した。

「あれ？　いらないの？」

ティッシュで受け取りながら問うと、父は蚊の鳴くような声で返答した。

「まずい」

それが、父が娘に発した生前最後の言葉となった。その翌日、父は九十四歳の天寿を全うし、息を引き取った。

だからね。私は天ぷらが苦手だと申し上げたでしょう。これはほとんどトラウマである。確かにそのとうもろこしの天ぷらは、カリッと揚がってはいなかった。冷める前からデレデレのブニョブニョであったことは認めるところである。父が吐き出した気持はわからないでもない。

でも、難しいんですよ。いったいどうすれば店で食べるようにカリッと揚げることができるのだろう。疑問に思いつつ、研究する気はさらさらなかった。そして、私は決めたのである。

天ぷらは、天ぷら屋さんで食べるに限る！

ところがである。このたびの新型コロナによる蟄居《ちっきょ》生活が続くうち、無性に天ぷらが食べたくなった。天ぷら屋さんに行けないとなれば、なおさら食べたい気持が募る。そしてとうとう私は立ち上がった。

自分で作ってみようじゃないの！

手持ちの日本料理の本とネットのレシピをいくつか検索し、要領を得る。ふむふむなるほど。衣に氷を入れるのは正しかったらしい。かき混ぜすぎてはいけないという注意もある。それらを守ってなお、どうして私は上手に揚げることができないか。

油の温度が大事なのかもしれない。いろいろ検索すると動画も出てくる。

「試しに衣を油に落として、表面に上がってくる時間によって油の温度を見極める」

なるほどね。新たに学んで実行に移す。

ちなみに「今夜はウチで天ぷら！」と決めた理由は、生の車エビが届いたからでもある。なぜ車エビが届いたか。この話をすると長くなりそうなので後の機会に回すけれど、新鮮な車エビといえば、なんてったって天ぷらだ。ここは挑戦しないでなんとする。

そして結果はいかに……。車エビの下ごしらえだけで少々くたびれたものの、その他にもさつまいも、玉ねぎ、ニンジン、アスパラなんぞをざるに並べ、油の温度に気をつけながら順繰りに揚げていったが、実は今ひとつカリッと感が伴わなかった。

しかし一週間後、再度の挑戦を試みた。さるネットレシピに新たな知恵が載っていたからだ。

「材料に、前もって粉を薄くまぶしてから衣をからめるとカラリと揚がります」

このアドバイスに従ったところ、エビもニンジンもイカも玉ねぎも、カリッと揚がった。しかも、冷めてもカリカリ感が衰えない。

なんだ、もっと早く調べていれば、父の最期の言葉は違うものになっていたかもしれないのに。

「なんと旨いとうもろこしの天ぷらだ！　俺は急に元気が出てきたぞ。優しい娘よ、ありがとう」

こうして父はその後もしばらく生き続けましたとさ……なんてことは、ないな。

しかし、蟄居生活のおかげで家天ぷらの味を知ることができた。もう怖くない。天ぷらよ、いつでもかかってこい！

さて、緊急事態宣言が解除され、少しずつ外食が許されるようになり、久しぶりに馴染みの天ぷら屋さんを訪れた。そのとき私はちょっとだけ誇らしげに言ってみた。

「苦手だったんですけど、あまりにも食べたくなって、ウチで天ぷらをやってみました」

「ほうほう」

「で、コツをつかみました。あれって、衣をつける前に粉をまぶせば成功するんですね」

すると天ぷら職人、かすかに笑みを浮かべて一言。

「ああ、打ち粉ですね。あれもつけすぎるとモタッとしますね」

プロにはそんな裏技、必要ないらしい。

根っこ、茎っこ、捨てない葉

担当編集者ヤギから電話があったとき、私はちょうど茹《ゆ》で上がった芹《せり》を細かく切っているところだった。

「ごめん、今、芹を切っていて……」

するとヤギ君が、

「芹？　どうやって食べるんですか？」

「ただ湯がいて細かく切って、上から塩をまぶしてアツアツご飯に載せて食べるだけ。でもおいしいぞ。芹の季節になるとウチでは必ず作ります」

そう答えたらヤギがすかさず、

「旨そうですねえ。芹は根っこがおいしいですからねえ」

「根っこ？」

今度はこちらが質問する番だ。

「どうやって食べるの？」

「お浸しにして食べるんだけど、めちゃくちゃ旨いっすよ」

「えええええー!?」

そのとき私はすでに芹の根っこを生ゴミ袋に入れたあとだった。

今まで私は、香菜《シャンツァイ》の根っこは取っておき、鍋に入れたりスープに入れたり、細かく切って炒め物に混ぜたりしていたが、芹の根っこを調理するという発想はなかった。だからいつもあっさり捨てていた。

「お浸しってどんな?」

訊ねると、

「僕が食べるのは、ひたひたのお出汁《だし》に浸かっている感じのお浸しですけどね。味はまあ、出汁と薄い醬油味かな。よく行く居酒屋でいつも作ってもらうんです」

俄然、興味が湧いてきた。電話を切ると私はさっそく生ゴミ袋に手を突っ込む。幸い、芹の根っこの上にはエノキ茸の茎の根元と生姜の皮のかけらが絡んでいた程度で、芹の根っこのほぼ全部を傷みも汚れもない状態で無事回収することに成功した。

生ゴミ袋から取り出した根っこをよく水洗いし、付着していた土を指先でこそげ落とし、とはいえまっ白になるほどきれいにすることは不可能と思われ、まあまあ、こんなもんかぐらいの薄茶色の状態にして、いったんまな板の上に並べる。根っこの上部には茎の緑色の部分が一センチほど残っている。その下に薄茶色の長い顎鬚《あごひげ》つき仙人が並んでいる姿をご想像いただきたい。顎鬚つき緑顔の仙人が六人。少々お待ちくださいませね。

続いて出汁を作ります。片手鍋に水を張り、そこへ粉末の鰹だしの素をサラサラサラ。醤油をタラタラタラ。日本酒を少々。ここへ砂糖やみりんを加えるか否か。少し迷ったが、とりあえず甘味にはしない方向で試してみようと決める。

「根っこはけっこう嚙み応えがあるので」というヤギの言葉を思い出しながら、弱火でじゅうぶんに煮立たせる。時間をかけるにつれ、出汁の色が、これは醤油の色か、はたまた土が染み出してきた色か、よくわからないけれど、順調に濃くなっていき、ほどよいところで火を止める。

ここへ、すだち、ないし酢などの酸味を加えるか否か。迷ったが、まずは芹の根っこそのものの味を知るため、加えないことにした。小鉢に茶色い出汁ごと移し、食卓へ運ぶ。

「どう？」

生ゴミ袋から拾い上げたことは内緒にして同居人に差し出すと、彼は恐る恐る箸でつまみ上げ、恐る恐る口に運び、しばし咀嚼したのち、

「なんか、おばあちゃんの味って感じ？」

意味がわからん。

「で、なんなのこれ？」

「だからさっき、芹の根っこを煮てみるよって言ったでしょうが！」

小さなイライラを内包しつつ、私も箸でつまんで口に入れると、なるほどおばあちゃんの香り。というか、出汁に至るまでまぎれもなく芹の根っこの味だった。

ずいぶん昔、韓国ソウルの青果市場をそぞろ歩いていたところ、

「身体にいいから試しにどうぞ」

ジュース屋さんのおにいちゃんに、半ば強引に紙コップを押しつけられ、中を見たらロイヤルミルクティーのような色。

「なんじゃ、こりゃ？」

そのとき同行していた数人と回し飲みしたところ、誰もが口をひん曲げ、舌を半出しにし、困惑した左卜全《ぼくぜん》のような顔になってコップを顔から遠のけた。しかし、私は負けなかった。しぶとく二口目に臨んだ。

「えー、アガワさん、飲めるの？」

周囲から、呆れたと言わんばかりの叫び声が上がる。もちろんひどい味ではあった。苦いというか渋いというか、まるで水にとかした土を飲んでいるようだ。でもその後味にどこかしら、「身体によさそう」な気配を感じ取ったのである。

「これ、なんのジュースなんですか？」

通訳を介して訊ねると、ジュース屋のおにいちゃんは横に積んである茶色い木材のようなものを指さして、

「これだよ。木の根っこ」

「木の根っこ?!」

そう聞かされた途端、「いや、無理無理」とか「それはまずいわけだ」とか言って、中にはティッシュを出して吐き出そうとする者も現れる中、私はしつこく三口目に臨んだ。飲み干したらいいことが起こりそうな予感がしたのである。

結果。少々風邪気味で喉の痛みを覚えていたのだが、その痛みが和らいだ。ついでに身体の中からエネルギーがふつふつとわき起こってきた……気がする。さらにお腹の詰まりが取れて胃腸の循環がよくなった。

まあしかし、そのジュースを飲む前に、キムチや漢方茶や生姜湯や、さまざまな韓国健康食品を体内に投入していたので、そちらの効果もあったかもしれない。確固たる因果関係についてはわからないけれど、気分的には「根っこは身体にいいぞ」という実感を抱いて帰国した。

芹の根っこ以外に、はたして私は根っこ、すなわち根菜類をどれほど食べているのだろうか。ネットで「根菜」を検索する。

ゴボウ、ニンジン、サツマイモ、山芋はどうやら根っこらしい。即座に納得。しかし、カブや大根も根っこだと言われると、あんなに瑞々しい白い野菜がですか？　と、にわかに信じがたい気持になる。いっぽう、同じイモ類なのにジャガイモ、里芋は根ではなく、地下茎に属するそうだ。不思議ね。そしてレンコン、クワイも地下茎の仲間だと。茎と根の区別が私にはよくわからない。いずれにしても、土と極めて仲良く長く一緒に時間を過ごす彼らはきっと、さまざまなバクテリアを有していて栄養は満点であると思われる。

こういう大ざっぱな理解のもとに料理を作る私はなにかと周囲からの顰蹙《ひんしゅく》を買う場合が多いのではあるが、思えばその傾向は子供の頃からあった気がする。母の台所仕事を手伝っていた若き時代、私はジャガイモを皮ごと茹でると、残った薄茶色の茹で汁を捨てずに、そこへ塩胡椒を加え、台所で「はい、ジャガイモ澄ましスープの出来上がり！」と一人こっそり楽しんだ。

もちろんジャガイモは茹でる前によく水洗いをしておくが、それでも完璧に土が落ちたわけではないだろう。だからそのスープにはジャガイモのデンプンだけでなく、皮に付着していた土の成分が混ざっていたと想像される。でも私はいっさい不安に思わず、たっぷり食して確かにおいしいと思ったものだ。そのスープのせいでお腹を壊した記憶もないしね。農薬のことを考えると少々危険かもしれませんがね。ま、生きているしね、まだ私ね。

大根やニンジンの皮、ブロッコリーやカリフラワーの茎の部分も、夫が捨てそうになるたび、「おっと、捨てないで」といつも制する。この手の固いところはおしなべて、きんぴらとしてデビューさせられるからだ。いずれも細切りにし、胡麻油で炒め、砂糖、醬油、七味唐辛子を加えれば、なんとおいしい酒のつまみになることよ。

大根の葉っぱもしかりです。ときどき葉っぱがたっぷりついた大根を手に入れられたときは、白い根の部分より先に葉っぱを切り取って細かく刻む。これもまた胡麻油で炒め、醤油、砂糖、七味唐辛子味のきんぴら風にするのだ。これがご飯によく合う。芹とはまた違う、愛おしい味がする。大根の葉っぱを捨てる人の気がしれないと、大根葉っぱご飯を食べるたびに思う。

ところが同じ葉っぱでもカブの葉っぱをきんぴら風にしてみると、大根の葉っぱほどの感動には至らない。カブの葉っぱのおいしさが、なぜか伝わってこない気がする。

なんといってもカブの葉っぱの醍醐味は糠《ぬか》漬けにしたときにこそ発揮されると長らく信じている。昔、母が漬けたカブの葉っぱの漬け物は私の大好物だった。白い本体部分ももちろんおいしいが、私は家族の他の者が気づかぬうちに、葉っぱを箸でかき集め、自らの皿に急いで確保することに必死だった。カリッとした歯ごたえ、瑞々《みずみず》しい食感、醤油との相性の見事さ。日本人でよかったと思う瞬間である。

大根やカブの葉っぱがこんなにおいしいのに、ニンジンの葉っぱを食べたことはない。そもそもニンジンが葉っぱ付きで売られていることがないからかもしれないが、案外、バターで炒めたりしたらおいしいのではないか。形状はハーブ野菜のチャービルにそっくりなのだから食べられないことはないだろう。知らないけど。

その伝でいくと、捨てるのがもったいないのがとうもろこしのひげである。再びネットで検索してみると、どうやら食用の用途はあるようだ。干して煎じてお茶にしたり、油で揚げたり、ニンニク、唐辛子と一緒に炒めて作る「とうもろこしのひげのペペロンチーノ」というレシピがネットに載っていた。私同様、「これ、捨てるのもったいない」と思いつく人は世の中にたくさんいらっしゃるのですね。

もう一つ、常々気になっているのが、キャベツの外側の葉はどこまで食べられるのかという問題。八百屋さんの店先にキャベツの外側の葉が大量に捨てられているのを見るたび、「あれは食べられないのかねえ」としばし見つめてしまう。ときどきキャベツの外側の葉っぱごと買って帰って、まな板の上に置き、包丁片手にしばし考え込む。しかし結局、外から三枚分ほどは捨ててしまう。でも、芹の根っこが食べられるとわかったからには、キャベツの外側も試す価値があるかもしれない。春になり、甘い新鮮なキャベツが店先に並ぶ頃、ひとつ試してみましょうぞ。

あとは長ネギの青い部分。関西のネギは青い部分を重用するのに、関東ネギは青いところは捨ててしまう。それはおかしい、もったいない。だから私は関東ネギも青いところを斜め切りにして、うどんに入れたりすき焼きやしゃぶしゃぶに使ったりする。なにか、いけませんか？

あとはねえ……。キリがない。書く余地もなくなった。

お手元バナナ

バナナを買った。一房に五本ついている。この五本をどういうふうに食べようか。じっと黄色い房を見つめる。

バナナのおばちゃんという人がいた。名前がバナナなのではない。ウチに来るとき必ずバナナを持ってきてくださるおばちゃんだったからだ。松原一枝《かずえ》という名のその方は若い頃、父と一緒に同人誌を出す仲間の一人で、もの書きを生業にしていらした。ふくよかな身体を着物で包み、真っ赤な口紅が塗られた口元を緩ませて、しゃがれ気味の声でいつもバナナを私たち子供の前に差し出した。

「はい、お土産」

昭和三十年代の話である。果物の中でもバナナはとりわけお洒落で高価な印象があった。現にそれよりだいぶ前、私の直接の記憶にはないのだが、兄が幼い頃、両親に連れられて知人のお宅へ伺ったときに叫んだそうだ。

「あ、バナナがお手々みたい！」

父と母はおおいに慌て、恥ずかしい思いをしたという。しかし兄にとってそれは衝撃的な発見だった。なにしろ我が家で房になったバナナを見たことがなかったのである。その頃、バナナは高くて一本買いしかできなかったのだと思う。

そんな時代にバナナのおばちゃんは豪勢にも房になったバナナをいつも持ってきてくれる親切な人だった。だから子供たちは懐いた。そしてその人のことを、「バナナのおばちゃん」と呼んだ。

バナナのおばちゃんはその後もずっと地道に小説を書き続けた。さほど売れたという話を聞いたことはないけれど、ときおり電話をしてきて、「新しいテーマを見つけたんだけど、どう思う？」と父に意見を求めた。父は電話を切ったあと、

「あのばあさん、まだ書く意欲があるんだねえ。たいしたもんだよ。俺なんてもう何も書きたいことなんか見つからんけどねえ」

そう呟く父を見て、バナナのおばちゃんは親切なだけではなく努力家なんだなあと思ったものである。

そのバナナのおばちゃんが、いつしか私と電話友達になった。

「どうもー。元気？　お宅のお父さんとお母さんはどうしてる？」

老齢になり人付き合いの悪くなった父は、自分の家にかかってくる電話が長話になるのを以前に増して嫌うようになった。母とバナナのおばちゃんが電話で話しているのを見つ

けると、「いつまで話してるんだ。いい加減に切れ!」と母を叱りつけるので、バナナのおばちゃんも受話器越しにそれを察したか、両親の家に電話をかけにくくなったのだろう。すでに一人暮らしをしていた私と話して両親の様子を探ろうとなさる。ついでに原稿書きの話や高齢者の気ままな一人暮らしの話をし、「あなたの文章読んだよ。あのオヤジにずいぶん酷い目に遭ってたんだねえ」と昔と同じおっとりとしたしゃがれ声でいかにも楽しそうに笑ってくださった。

バナナのおばちゃんと電話で話すとバナナのことを思い出し、バナナを買いにいった。もはやバナナのおばちゃんからいただくことはなくなったが、条件反射的にバナナのことが頭に浮かび、急に食べたくなるのである。

そのバナナのおばちゃんも亡くなった。もう電話がかかってくることはない。バナナを買いにいくことも少なくなった。だからこのたびのバナナ購入はずいぶん久しぶりのような気がする。

思えば私はバナナが大好きではない。世の中にはバナナをこよなく愛する人がいて、私の友人もその一人であるらしく、バナナケースというものを持ち歩き、中にいつもバナナが一本入っていた。家にはバナナを吊しておくバナナスタンドも置いてあるという。バナナは棚や机などの面に触れると傷みやすいので、吊しておいたほうが長持ちするのだそうだ。「あら、お洒落!」と大いに感心はしたものの、ならば私もそのスタンドとやらを購入してみようという気にはならなかった。毎日食べたいと思うほどバナナが好きなわけではない。

しかしときおり衝動的にバナナが食べたくなり、そういうときは威勢良く、五、六本ほど実のついた房を買う。買った翌日ぐらいは、「いいねえ、バナナ。朝ご飯にぴったりだ」と思うのだが、三日目ぐらいから飽きてくる。そして日に日に黒ずんでくるバナナを横目に手が伸びなくなる。

バナナは果たしてどの段階になるまで食べることができるのか。少々の黒ずみは気にならない。外が真っ黒に近くなっても、「大丈夫。まだじゅうぶんに食べられるから」と自信を持って一人唱えつつ、皮をむいたら中も見事に黒ずんでいるということが、まま、ある。そういうときは細かく刻んでカレーに入れるか、あるいは縦半分に切ってバターでソテーして、上から砂糖をまぶして、はい、デザートの出来上がりだ。カロリーは相当に高いが。

「皮がしっかり黒ずんだ頃合がいちばんおいしいんだってば！」

そう力強く主張なさったのは、気象予報士の森田正光さんである。森田さんは今、沖縄の島バナナにハマっているという。

「島バナナ？」

聞いたことがあるようなないような。長さ十センチほどの小ぶりのバナナらしいが、モンキーバナナとは違うらしい。森田さんの話によると、島バナナは沖縄在来種のバナナであり、さらに遡《さかのぼ》るともともとは小笠原諸島にあったものが、何かのきっかけで沖縄に移り、おそらく気候が合っていたのだろう、沖縄在来種となった。とはいえ、島バナナは販売目的にはほとんど育てられていないという。沖縄に行くとたいていの家の庭に生えてはいるが、売ろうとする人は少ない。その理由はまず、ちょうど生育時期と台風が重なるため、被害が甚大で安定的生産に適さないこと、加えて虫害にも遭いやすいなど、そもそも大規模生産に向いていないらしい。

「でも、めちゃくちゃおいしいんですよ。たぶんあのバナナを食べたら、バナナの概念が百八十度変わると思う！」

森田さんは、天気の話をするときの百倍ほどの熱量をもって島バナナの話を始め、止まらなくなった。

「そんなにおいしいんですか？」

興味が湧いたのは、島バナナは普通の輸入物バナナより酸味が強く、味が濃厚なのだと聞いた瞬間だ。ちょっと食べてみたくなった。すると親切な森田さん、たまたま持ち合わせていた島バナナを差し出して、「持ってっていいよ」と数本、分けてくださった。ただし、

「すぐに食べちゃダメ。三日四日放置して、外側が本格的に黒ずんできた頃がいちばんお

いしいんだからね」

森田バナナのおじちゃんの指南を頭に叩き込み、私は家に持ち帰って数日間、我慢した。日に日に黒ずんでいく。ちなみにこの黒い斑点のことをバナナ好きの方々は「シュガースポット」と呼ぶらしい。シュガースポットはどんどん広がって、もうじゅうぶんに黒いと思う頃、ようやく皮をむいて試食した。たしかに普通のバナナより酸味が強い気がする。が、じゅうぶんに黒くしすぎたのだろうか。かなりねちゃねちゃになっている。これはもはや「おいしい！」の頂点を越えてしまったのではないか。不満な気持が残る。ならば自分で購入してみようとネットを覗いてみた。通販で購入することもできないわけではないと森田さんから聞いていたからだ。が、なるほど生産リスクが高いだけあってか、けっこうなお値段。という以前に、どうやら冬場には手に入らないことがわかる。ネットを探るうち、沖縄でもお盆の時期にしか店頭に並ばないという情報が記されていた。

そうか。手に入らないのか。そう思うとなおさら食べたくなった。しかたないので、普通のバナナを買いに行った次第である。

今、手元にあるのはフィリピン産のバナナだ。島バナナへの憧れをこれで満たせるか。生で食べるのも悪くはないが……と、考えているうちに思い出した。

バナナブレッド！

長らく食べていない。お菓子作りに燃えていた若い時代に何度か焼いたことがある。

アメリカにいたときは、よく朝食にバナナブレッドが登場し、「このパン、好きだ！」と思ったものだ。それなのにすっかり忘れていた。そうだ、バナナブレッドを焼いてみよう。

昔はネットなどなかったのでお菓子の本を参考に焼いたのだろうけれど、そんな本はもはや手元にない。その点、ネットは実に便利である。作りたい料理のレシピが即座に出てくる。さっそく「バナナブレッドレシピ」で検索すると、まあ、出てくる出てくる。バナナブレッドは手間いらずのお菓子の代表格らしく、需要が多いのか。バター不使用ものから、卵不使用、クルミ入り、シナモン入り、ハチミツ入り。ホットケーキミックスで作るバナナブレッド、薄力粉だけで作るもの、強力粉を混ぜるもの、黒砂糖を使えとかキビ砂糖を使えとか、さまざまありすぎて、どのレシピに従おうか迷う。しかし材料に多少の差はあれど、作り方はどれを見てもほぼ同じであることがわかった。だいたいそういう要領ね、と大まかに理解して、まず道具を揃えることから始めるか。

食器棚のいちばん上段の奥にしまい込んであったパウンド型を取り出す。母から受け継いだ粉ふるい器も出す。どちらも長らく使っていなかったのでまず洗わないといけません。オーブンシートなんてあったかしら。ホットクッキングシートなるものは見つかったが、これでいいのかな。あとはゴムへらと泡立て器と大きなボウル。ハンドミキサーを持っていた気がするが、どこにしまったか。収納ボックスを漁ったり棚という棚を開けたり閉めたりしたが、見つからない。しかたあるまい。手動で頑張ることにしよう。お菓子作りに必要なものは、料理とはまた別物だ。いかに長い年月、焼き菓子に挑戦していなかったか再認識した。

道具類を並べるだけですっかりくたびれた。でもここでめげてはいられない。まずバナナを二本、包丁で細かく切り刻む。バターを電子レンジでチンして溶かし、そこへ黒砂糖とグラニュー糖をドバッと加えて攪拌《かくはん》し、切り刻んだバナナを投入。続いて強力粉と薄力粉とベーキングパウダー少々をふるいながら加え、最後はゴムへらを使ってよく混ぜ、ホットクッキングシートを敷いた型に流し込んでオーブンへ。百七十度で四十分。竹串を刺してみたらまだ生地がついてきたのであと十五分。ふふふ。いい色に焼き上がったぞ。焼きたてを薄く切って試食。ふふふ。中までしっかり焼けている。おいしいではないの。ニンマリしながら振り向くと、そこにはバナナがあと三本。さてこの三本をどうする。

オートミールで朝食を

八年ぶりに健康診断を受けた。

私のように組織に属していない人間は、誰からも「受けろ！」と迫られないので、ついサボる傾向にある。自治体から「健康診断のお知らせ」という冊子が届くたび、「そうかあ、受けなきゃねえ」としばし感慨に耽《ふけ》ってはみるものの、それっきり。忙しさにかまけ、あっという間に機を逸してしまう。これで、切迫した体調不良や身体的不安が自覚症状として生じれば、「よし、検査してもらおう」と勢いがつくというものだが、幸いなことに、慢性的腰痛、ときどき食べすぎ飲みすぎ、たまの風邪症状を覚える程度で、喉元過ぎればなんとやら。また日常へ戻ってしまう有様だ。

長らくそう思っていたところ、このたび自分でも「これは尋常ではないぞ」とおぼしき痛みが胸のあたりに走った。以前にも何回か経験した痛みではあるのだが、立て続けに三度起きたので、さすがに放っておけないと思った次第である。

とりあえず病院で一通りの検査を受けたところ、

「ＣＴスキャンとＭＲＩ検査、血液検査の結果を見ると、かなりの動脈硬化を起こしていますよ。ところどころ血管が細すぎて見えない箇所がある」

お医者様に宣告されてしまった。

「あと、コレステロール値が異常に高い。血管内部の石灰化がかなり進んで、いつ血栓が詰まって脳梗塞ないし心筋梗塞を起こしても不思議はない状態です」

トホホのホである。そこまで脅されては、ふだん身体について鷹揚《おうよう》な私もややビビる。このたびの胸の痛みが動脈硬化と直接的に関係しているのかいないのか、それについては詳しい説明がなかったが、いずれにしても医師に驚かれるほど細い血管であることだけはわかった。

「なんかそのー、血管に詰まった石灰質を一気に流す薬はないですかねえ？」

半分冗談、半分本気でお訊ねしたら、

「ないです」

あっさり否定され、つまりはどうすればいいのかと問えば、

「まず、血管をさらさらにする薬とコレステロール値を下げる薬を、サボらず、毎日、死ぬまで飲み続けること」

実はかなり以前より、最寄りの医院でも「コレステロール値が高い」と指摘され、その数値を下げる薬をすでに処方していただいていたのだが、毎日欠かさず飲むということが

できず、ずっとサボっていたのである。その事実をこのたびの担当医に告白したら、案の定、叱られた。

「なんだ、処方されていたんですか!?」

そして加えられたことには、

「あとはやはり、糖質制限ですね！」

え、糖尿病じゃないのに？

「血管がすでに細く、ここまで動脈硬化が進んでいるかぎり、これから血管を太くすることはできないわけで。となると、細い管に血栓がつまらないようにするためには生活習慣が重要になってきます。そのためには糖質の高いものを食べないよう心がけてください」

それを言われるのがなにより怖かった。

これまで私は概して胃と脳の欲するままに何でも食べて生きてきた。暴飲暴食をしているつもりはないけれど、食べたいものを我慢したことはほとんどない。

もちろん、急激に体重が増えた場合はそれなりに自制する。体重計に乗るのは日課というか、私にとってはもはや趣味のたぐいに属するため、朝、起きて体重計に乗り、シャワーを浴びたのちにまた乗り、原稿書きに飽きたら乗り、晩ご飯を食べて乗り、寝る前に乗る。そうですね、だいたい一日五回以上は乗っている。しかしそのおかげで気づかせられることは多々ある。

たとえばたらふく夕食を食べたのち、体重を測ると、

「やだ、こんなに増えちゃった。やばいぞ」

ギョッとする。翌日は少し食べ方を押さえようと自らに言い聞かせる。

あるいは夕食を摂るチャンスのないまま夜の九時過ぎに帰宅して、冷蔵庫の前にしばし立ち、

「湯豆腐だけ食べて寝ることにしよう」

この勇断が、翌朝にはたちまち成果となって表れる。

「お、五百グラム、減っておるぞ」

その喜びは思いの外、大きい。こんなに短時間で、しかも寝ている間に努力が実を結ぶなんてものは、おそらく他に存在しないのではないか。よくぞ湯豆腐だけで我慢した、偉いぞ自分！　と声をあげて叫びたい心境になる。そして、「夜九時以降は食べない」という健康原則がいかに大切かを思い知る。体重計様、ありがとう。今後はぜったいに夜遅い食事はしません。良い子にします。本当です！

でも、これほどのかたい決意もまた、まもなく破られることとなる。実際、守られたためしは、年に数度の割合だ。

いずれにしても、体重微調整をするぐらいが私の健康法であったのだが、今後は具体的に食べたいものを我慢する生活を始めなければならないのか。

まわりにはすでにそういう生活を余儀なくされている友人知人が大勢いる。

「卵方面は、イクラもキャビアもタラコも明太子も、ダメなんですよ。干物もダメ！　痛風なもので」

あら、それはつらいでしょうねえ。

「今、血糖値が少し高いからご飯は玄米だけ。白いご飯は長らく食べてないの。でも案外おいしいよ、玄米って」

そうなの？　でもなんだかねえ。

「妊娠がわかって以降、出産したあとも、授乳期間が終わるまでは大好きなお酒を一口も飲めなくて。まあ、しかたないんですけど」

病気ではないけれど、好きなものを我慢するのはお気の毒……。

今まではひたすら同情する側であった。まさかそんな我慢の生活が自分に降りかかるとは思ってもいなかった。

こうして私の糖質ちょこっと制限生活が始まった。まず何を制限すれば効果が大きいか。

「ビールだな」

誰もがニヤリと笑いおる。ビールか……。仕事を終え、特にテレビの仕事が終わったあとの一杯のビールは格別においしい。スタジオが乾燥しているせいか、ギンギンに冷えた黄金色の液体を喉の奥に流し込むや、なぜか顔がゆがみ、口は横に伸び、顎を上げ、「クーー」と思わず声をあげてしまう。よく頑張った。今日はたくさん働いた！　偉いぞ、サワコ！　自らを褒めちぎる至福の瞬間である。

この歓喜のひとときを、私から奪うというのか。

「ワインも白より赤がいいんだって」

この、「〇〇がいいんだって」問題は奥が深い。今やあらゆる健康情報が世に溢れ返っている。テレビやネットや人づてや薬局、病院、健康オタクからの底知れぬ知恵と知識が、あちらこちらから飛んでくる。まして受け止める側は精神が弱っている。藁をもつかみたい心境なのである。

「玉ねぎがいいの？　血液をさらさらにする？　よし。たくさん食べよう」

「アボカド？　わかった、試してみる」

「オートミールね。長らく食べてないけれど、これからはパンをやめてオートミールにしてみます」

「玄米パンはいいの？　ふうん」

「お肉はじゃんじゃん食べていいの？　あら、うれしい。できるだけ赤身？」

「食事をするときは、まず野菜サラダから食べろって？」

「いいらしい」と言われるものは、とりあえず飛びつく、食らいつく。

そういえば昔、父が糖尿病になったときは食卓にひたすらこんにゃくと椎茸が並んでいたのを思い出す。

「とにかくカロリーを落とさなきゃならないそうだ。おい、みんな協力してくれ」

まだ糖質制限という理論は生まれておらず、糖尿病患者には、食事のカロリーを低くしろと指導されていた時代である。父は短気で無謀な性格ではあったが、同時に律儀なところも持ち合わせていた。医者に言われたことは概して忠実に守った。よく散歩をし、こんにゃくと椎茸を食し、薬を正しく飲み続け、体重を減らした。それまで一日二食であった食事の習慣を、一日三度の食後に飲む薬のために改善し、ときおり母が昼食を忘れそうになると、

「おい、お前は俺の身体のことを考えていないのか。薬のために昼飯を食わなきゃいけないと、あれだけ言っておいただろう！」

我が身の緊急事態を一家一丸となって乗り越えてもらわねば困るのだと怒り狂った。

思えば父がカロリー制限と闘っていたのは、ちょうど今の私と同じぐらいの年頃だった気がする。あの父にできて私にできない理屈はないだろう。そういう思いが頭をよぎるが、どうも娘は律儀さにおいて父よりはるかに劣る気配がある。小心でイラチなところはそっくり受け継いだのに。残念なことだ。

それでも以前に比べれば、食べものに留意するようになったほうだという自負はある。まず、大好きな主食、パンやご飯の量を、いっさい食べないのは寂しいので、少なめに

している。あと、ほとんど毎日飲んでいたビールを三日に一度ぐらいのペースに落とし、かわりにウイスキーを飲み始めてみた。ビールよりウイスキーのほうがいいと誰かに聞いたからである。つい昨日も、仕事が終わって自宅に帰り、ビール一杯をくいっと飲みたい欲求を抑え、グラスにウイスキーをトトトッと注ぎ、氷をカランコロン。ソーダ水で割って飲むと、案外早くほろ酔い気分になる。

そして最も画期的な変革は、オートミールの朝食だ。白い麦粒のような乾燥オートミールを鍋に入れ、水を加えて火にかける。パサパサがしだいに固まって、ドロンとした粥状になったら、そこへ温めたミルク（私は豆乳）を注いで食べる。それだけではなんとも味がないので、ハチミツやジャムで味付けするのが一般的だが、私はふと思いついた。

これを甘い味にしない手立てはないものか。

台湾の豆乳朝食のように、ネギのみじん切りや擦った生姜、香菜《シャンツァイ》などを薬味にし、醬油、塩、酢、豆板醬などを加えて中華風に味付けし、そこへ豆乳をひたひたに注いで食してみたところ、これがなかなかいけるではないの。

「つまり麦のお粥と思えばいいのかしら」

そこそこに満足し、今後は毎朝、オートミールで朝食をと、小さく心に期したのは数週間前のこと。朝起きて台所に入り、オートミールの袋が目に入ると、つい、

「ま、今日はパンにしましょうか」

この軟弱な心が死を招く。私が突然、倒れたら、「ああ、やっぱりアイツに食事制限は無理だったか」とお察しくだされ。

暴れん坊納豆

久しぶりに小泉武夫さんにお会いした。お元気ですかと聞かれたので、年齢のわりに動脈硬化が進んでいると医者に言われたことを報告するや、

「それは納豆がいいです。納豆を食べれば血管はどんどん元気になります！」

間髪入れぬ自信に満ちたご発言。

ご説明申し上げるまでもなく、小泉先生は別名納豆博士である。発酵学を専門とされ、ご自身、福島の造り酒屋の家に生まれたので、「僕の産湯《うぶゆ》は日本酒でした」と豪語なさるほど、発酵食品を愛しておられるお方である。ひと目会ったその日から、その楽しい語りと説得力の素晴らしさに心奪われ、以来四半世紀にわたり、年に数度はお会いして活力を頂戴している。お会いするたび納豆や味噌などの発酵食品がいかに身体にいいかを教えられ、「そうだそうだ」と深く頷く。そして翌朝はまちがいなく納豆を食べるのであるが、これがなかなか続かないのが難である、アイデアル。

しかし、このたびは命の危険が迫っていた。「いつ血栓が詰まってもおかしくない状態」

と医師に脅かされている。とはいえ、オタオタするほどの年齢ではない。いかに人生百年時代が訪れているといえども、これまでじゅうぶん健康に生きてきた。ここらで多少の身体不調をきたしたとしても、なんら不思議なことではない。むしろ今まで六十数年間、よくぞ毎日、いっときとて休むことなく身体中に血液を流し続けてくれたものよ。そろそろ疲れが出てもおかしくないだろう。血管君、ありがとう。どんなに性能のいい配水管でも十年経てばもろくなる、ゴミが溜まる、細くなる。それに比べて血管君は立派だ。文句一つ言わず、働き方改革の恩恵にあずかることもなく、日夜トクトクコツコツ。なんと健気《けなげ》なことでありましょう。そんな頼もしき血管の気も知らず、もとはといえば、私が長年にわたり好き勝手に飲み食いしてきたせいだ。自業自得である。

頭の片隅でふと、ガンジーのような謙虚な心境に至るのではあるが、もう一方の片隅では、もし血管が詰まるとしても、できることなら脳ではなく、心臓のほうでお願いしたいとささやかな希望を抱く。脳の血管が詰まれば、たとえ生き残ったとしても、その後のリハビリがどれほど大変か、あまたのインタビューで耳年増になっている。一方、心臓で詰まった場合は、おそらく「ウッ！」としばし激痛が走るかもしれないが、次の「ウッ！」あたりで息絶えるであろう。そっちがいいな。医師の前で冗談っぽく呟くと、

「脳の手術は困難。心臓のほうがまだまし。でもどっちになるかは選べない」

もはや詰まることが前提のごとく、淡々と同意された。

いずれにしても今後の食生活が大事であることは理解した。しかし、根が易きに流れやすい性格である。「食べたい！」欲を制御する自信はない。

このたび小泉先生とお会いした夜も、目の前で、カニ、キャビア、フォアグラ煮こごり、鴨ロース、ウニ、イクラ、無花果《いちじく》胡麻クリーム、松茸、鱧《はも》などの豪華味覚が「早く口に入れてよ！」とばかりにプリプリした身体を光らせて待っている。「血管が詰まるので」と、彼らの願いを無視して食べ残す手がどこにあろう。ええい、ままよ。こんなおいしいものを食べられるのなら死んでも本望じゃ。

と、そこで「納豆を食べていれば心配ないです！ 血管に詰まった石灰質をぜんぶ流してくれます！」という神のお告げのような声が小泉さんから発せられたのだ。

実際、小泉さんははっきり申し上げて、良く召し上がる。何でも躊躇なく召し上がる。その結果、サンタクロースのようなお腹の出具合でもある。本当に健康なのかしらと、一時は疑ったことがあるのだが、あるとき驚愕した。「僕、匂わないでしょ」と言われ、成田空港のシェパードよろしく鼻を近づけて、クンクン嗅いでみるが、まったくもって匂わない。すなわち、アラエイティになられる小泉先生の身体から、いわゆる「加齢臭」が漂ってこないのだ。そんなバカな！

目を見張る私に向かい、小泉先生は、

「まちがいなく納豆や味噌汁のおかげでしょうな。腸内環境をよくして、ものすごく循環がいいからですね。ゴミの匂いが残らないの」

臭いものを食べると身体は臭くならないのか……。

「よし、今度こそ、毎日かかさず納豆を食べます！」

威勢良く答えたが、小さな声で白状すると、本質的に私は小泉先生ほど納豆が大好きというわけではない。食べればおいしいと思うし、ときどき衝動的に納豆ご飯を食べたくなることはある。でもまあ、ときどきである。月に数回の頻度だろうか。決して「毎日食べたい！」とは思わない。

育った家庭環境のせいもある。子供の頃、我が家の食卓に納豆が頻繁に登場した記憶はない。しかし、父は基本的に臭い食べものが好きだった。ドリアンしかり、香菜しかり、腐乳しかり、強烈な匂いを発するチーズしかり……。

初めて我が家にドリアンという果物が登場したとき、私は気が遠くなりかけた。「珍しいものを持って来ました」と、どなたかお客様が届けてくださったのだと記憶しているが、包みを開いた途端に周囲に広がった匂いの強烈なこと。生ゴミでも持ち込んだのかと、思わずその来客を睨みつけた覚えがある。でも、恐る恐る一口食べたら、そのまったりとした旨味に魅了された。たちまち好物になったわけではないが、果物の王様と言われる所以《ゆえん》には納得した。

腐乳にも最初は驚いた。あれは高校生の頃だったか。台所を物色していたら、何やら見慣れぬ丸いガラス瓶があるではないか。表に『腐乳』と書かれている。なんだこりゃ？蓋を開けて眉をひそめた。色といい匂いといい、どう見てもこれは腐っている。そう思って母に告げると、ああ、それは中国のお土産にいただいたのよと平然とした顔である。しかしその「腐った乳」（沖縄風に言えば豆腐よう）を、たとえばしゃぶしゃぶのゴマだれに混ぜてみると、これがなんとも言えぬコクと味の深みになる。

最初は「とても食べられない」と思っていたドリアンも腐乳も香菜も、躊躇のときをしばらく経て、今では私の大好物となっている。

ことほどさように父は「臭いものは旨い」をモットーとしていたが、なぜか納豆には際立った関心を寄せていなかったように思われる。父も、納豆が嫌いなわけではなかったはずだ。現にときどき納豆ご飯を食べていた。が、毎日、食べたがるほどの勢いは伝わってこなかった。

思うに父も母も、食が関西に偏っていたせいではなかろうか。父自身の生まれ育ちは広島だが、父の両親は大阪で出会い、しばらくその地に暮らしていたと聞く。母も小学二年生頃まで大阪で過ごし、育ての母親は京都の人だった。二人揃って幼い頃から納豆に馴染みが薄かったのではあるまいか。

そんな関西系の味覚に馴染む親のもとで育ったせいか、私も納豆に対する愛が少しだけ薄い。一度、他のおかずと一緒に食卓に出したとき、食事を始めてまもなく、何か居心地の悪いことに気づいた。なんだろう、この、全体的に臭い感じは。と、見渡して理解した。納豆の匂いが他のおかずの香りを凌駕していたのである。他の何を食べても納豆の匂いが鼻の奥に漂って、味の区別がつかない。こりゃ困った。私は即座に席を立ち、

「悪いけど、しばらくバイバイ」

納豆の鉢を台所の奥へ追いやって、ようやく落ち着いた覚えがある。

山形出身の友達とお寿司を食べにいったときのこと。ひとしきり握りを食したのち、最後に海苔巻きを食べたいね、さて何を巻いてもらいましょうと話していると、

「僕のお薦め！　ぜったいおいしいから食べてみて！」

熱意を込めて彼が注文してくれたのは、トロ納豆巻きである。

「へえ、食べたことないわあ」

一口かじってしばし噛む。

「ね、旨いだろう！　最高でしょ？」

嬉々とした顔で同意を求める彼に対し、私は笑顔を返すことができなかった。納豆と一緒に巻かれていたのは中トロである。にもかかわらず、中トロの味がちっとも舌に届かないのだ。口と鼻に広がるのはもっぱら納豆の匂いだけである。

「これ、中トロが可哀想過ぎる。だって納豆には勝てないでしょう」

以来、私は寿司屋に行って「トロ納豆巻き」を注文したことはない。

しつこいようだが、私は決して納豆が嫌いなわけではない。しかし、納豆を食べるときは、細心の注意が必要だと申し上げたいのである。だからこそ、毎日かかさず食べるなんて、これまでしたことはなかった。しかし、このたびは強く心に決めた。それほど血管の掃除をしてくれる力があるのなら、一度試してみようではないか。

そして小泉先生との会食の翌日から、私は納豆を、ほぼ毎朝、食べ続けてかれこれ二十日間。「ほぼ」というのは、一日だけ、途中で胃カメラ検査というものを受けたため、朝ご飯を食べることができなかったせいである。

それで？　「ほぼ」はさておき、二十日間の納豆連続生活で、血管の具合はどうなったかって？

むふふふふのふ。驚きましたよ。何に驚いたってアータ、こんなに効くとは思いませんでした。

まず、お腹が見事に活性化されるのである。ゴロゴログルグル。ついでにプープー。どれほど腸内で納豆が暴れまわっているのか、目に見えるようである。腸内で納豆臭をまき散らし、「どうじゃ、臭いだろう、ひっひっひ」と、そこいらで行進をサボって横たわっている老廃物どもを刺激するので、「やだー、クッサーイ」と、みんな慌てて起き上がり、小腸大腸を駆けずり回って肛門方面へ向かうので、お腹の中はてんやわんやの大騒ぎ。その結果、

やたらとお手洗いへ行きたい衝動に駆られる。申し上げるまでもなく、小さい衝動ではありません。

「すみません。また、ちょっと……」

「お腹、壊しているんですか？」

周囲に心配されるのだが、そういうわけではない。痛みが伴うわけでもない。ただひたすら、スムーズなのである。朝、出かける前にあんなにお腹をすっきり空にしてきたと思ったのに。またですか？状態だ。この納豆力はなんであろう。もっと早く知っていれば、どの便秘薬がいいかなどと長年、悩む必要はなかったではないか。このところ、私は朝から機嫌がいい。常にお腹が重くない。こんなに幸せなことがあるだろうか。

で？　そう、血管のほうはどうなったかという問題ですよね。それはまだ、不明である。

頗《すこぶ》るつきの美味まで

糠《ぬか》味噌を漬け始めた。

ことの発端は、半藤一利さんが亡くなられたからである。

半藤さんとは僭越《せんえつ》ながら何度か雑誌上で対談し、その後半藤さんのお知恵と経験を頼りに『昭和の男』という対談本を出版した。舌鋒鋭く、合間に江戸っ子気質のべらんめえ口調も加わって、いかに日本の敗戦処理が稚拙であったかとか、明治の男がみんな偉いわけではなかったとか、しかし昔の軍人の中には今村均氏のごとく、赴任先のインドネシアの人々を大事にし、戦後は部下の苦悩を死ぬまで背負った崇高な方もおられたというような、貴重な話をたくさん拝聴した。

ひとえに海軍贔屓《びいき》であった父、阿川弘之の教育のもと、思想に多少の偏りがあった私は、陸軍にもこんなに立派な方がいらしたと知り、この歳になって知ったこと自体が情けないけれど、半藤さんの胸のすくような語り口を耳にしながら何度も感動の涙を流した。

その歴史の代弁者たる半藤さんが亡くなられてしばらくのち、半藤さんの古巣であった週刊文春誌上にて、奥様にお会いする機会を得た。断りを入れるまでもないが、奥様の末《ま》利子《りこ》さんは夏目漱石の孫であらせられる。事前に編集部から届いた資料の中には、ご主人様に関するものだけでなく、夏目家について奥様ご自身が綴られたエッセイ本なども含まれていた。拝読すると、その文章の痛快なこと。ご主人様の舌鋒を上回るスカッとした物言い、というか書きぶりに感服した。さらにご夫婦の力関係が、予想外だったことに驚いた。文章のみならず、その後実際にお会いして奥様の「主人は私に絶対服従なの」という確たる証言を得て、もはや亡きご亭主様を偲びつつもお腹を抱えて笑い転げた。

その対談内容についてここで記しても重複となるので、読者諸氏には別途、どこかでお読みいただくこととして、事前に目を通した資料の中、夏目家に代々伝わる糠味噌の話があり、私は俄然《がぜん》、興味を引かれたのである。

そもそも末利子夫人は、夏目漱石の奥方であった祖母・鏡子《きょうこ》やその長女、すなわち自身の母上などの思い出話を題材に『夏目家の糠みそ』（ＰＨＰ文庫）というエッセイ集を出しておられる。その出版をきっかけとして、「夏目漱石も食した糠床がいまだに生きているらしい」と話題になったようだ。

「私としては、祖母や母がやっていたものを捨てるに忍びなく続けていたに過ぎないのであるが、読者の多くはよくぞ二百年以上も続いたものを私が保ち続けてきたと驚嘆して下さるのである」（月刊文藝春秋二〇一〇年九月号巻頭随筆より）

その噂は東京農大の発酵学の教授のもとにも伝わり、とうとう夏目家の糠味噌は農大にて分析をされることとなる。その結果、日本最古の植物性乳酸菌がその糠味噌から検出されたのだ。

たちまち末利子夫人の糠味噌に対する愛が復活した。実はそれまでしばらくご自身の入院騒動などで手入れを怠って、くだんの糠味噌が最悪の状態に陥っていたという。そこへ農大の検出結果が送られてきた。

「わが糠みそは凄いのだ！　と改めて感服させられた私は、それを機会に心を入れ替えて手入れに没頭した。以前請われて分け与えた友人、知人のを少しずつ里帰りさせて拙宅のと混ぜ、毎日五回はかきまわした。その間捨てるのを覚悟で野菜も漬け続けたが、揺《す》り下したりんごや人参、野菜ジュース、ビール、パン屑などを少しずつ入れるようにした」（同前）

その一文を読み、私の記憶が遠い昔へワープする。そうそう、母もそうしていたっけ。飲み残しのビール、パン屑、野菜の屑などを糠味噌の入った陶器の壺へ無造作に放り込み、ときおり鉄釘や唐辛子、出汁昆布なども入れていたように思う。まるで生ゴミの処分場のようなその扱いをして、でもそのおかげでおいしい漬け物ができることが娘の私には不思議でならなかった。

夏目家ほどの年季は入っていないものの、母も長年にわたり糠床を絶やすことがなかった。私にとって最も古い糠床の記憶は四、五歳のときに遡《さかのぼ》る。人のすることはなんでも真似してみたい年頃で、台所へ足を踏み入れては母の手伝い……というより邪魔をしたものだ。その一つに糠味噌をいじることがあった。

ある日、私が床に置かれた陶器の蓋を開け、ツンときつい匂いが鼻を突く糠床に手を突っ込んでかき混ぜていたところ、やおら父がそばに近づいてきた。ただならぬ気配を感じて私は糠味噌がべったりついた手を掲げたまま、恐る恐る父を見上げたことを覚えている。当時から父は私にとって恐怖の存在以外の何ものでもなかった。いつ怒り出すかわからない。私はまた、父の癇《かん》に障ることでもしでかしたのか。おどおどしながら見つめ返すと、父はどうしたことか、私の頭を優しく撫で始めたのだ。そして言った。

「そうかそうか。お前は糠味噌を嫌がらないのか。こいつは料理上手になるぞ。おい、この子は糠味噌を嫌がらないねえ。たいしたもんだ」

私の頭を撫でたあと、今度は母に向かって穏やかに語りかけているではないか。快挙である。こんなことは滅多にあるものではない。どうやら私は褒められたらしい。幼い私は学習した。父は、私が糠味噌の世話をしていれば機嫌が良く、さらに台所で母の手伝いをしていれば家内安全が保たれるということを。

しかしその学習は私を糠味噌作りの名人には育てなかった。その後、親元を離れて一人暮らしを始めたとき、私は初めて自身の糠床作りに挑んだ。ホウロウの蓋付き容器を買ってきて、そこへ糠を入れ、水で伸ばし、見よう見まねの要領で糠床作りに精を出した。母がしていたとおり、茄子の色を鮮やかに保つために鉄釘を入れ、唐辛子やニンニクや野菜屑をさまざま放り込み、そしてようやく状態が整ったとおぼしき頃、本格的に茄子、胡瓜《きゅうり》、カブなどを漬け込んでみた。

しかし、いかんせん一人暮らしの身の上である。そう毎日毎晩、漬け物を食すわけにはいかない。数日間、留守をすることもある。すなわち手入れが行き届かなくなる。まもなく表面がカビでいっぱいになった。

カビを怖れることはない。母もときどき表面に広がったカビを手のひらですすっと取り除き、そしてまた念入りにかき混ぜていた。発酵食品にカビはつきものだ。しかし、夏場になると、そのカビの量が尋常ではなくなる。そこで今度は糠味噌の容器ごと冷蔵庫の中に保存する。すると今度は冷蔵庫に入れてある食品のすべてが糠味噌臭くなるという事態となった。

こうして私は敗北した。家族がいる家ならまだしも、始終、野菜を循環させ、発酵のリズムをうまく取るのは不可能に近い。一人暮らしで糠味噌を良好な状態に保つのは無理だと断念した。

すっかりカビまみれになった糠床を、私は捨てた。さようなら。君とはうまく共同生活ができなかったね。

あれから三十年近くの歳月が過ぎた。もはや一人暮らしではない。そして私は半藤末利子さんに触発された。

そうだ、糠味噌を漬けよう！

とはいえ、お悔やみ対談の席にて、さすがに申し出ることはできなかった。

「あのー、お宅の夏目家の糠味噌、少し分けていただけませんか」

あまりにもずうずうし過ぎる。そこで対談から帰宅したのち、いまどきのネットで調べたら、なんと「糠床セット」なるものが通販で購入できることがわかった。三十年も経つと、糠床事情にも隔世の感がある。

それから一ヶ月。今、糠床ケアは私の最重要日課となっている。朝、起きるとまず糠床容器の蓋を開け、開けた途端に、「くっせー、くっせー」と叫ぶ亭主を尻目に腕を突っ込んで、まず古漬けと化しつつある胡瓜や茄子、茗荷《みょうが》を取り出す。そこへ今度は鷹の爪一本、レモンの端切れ、ニンニクの残り、ミカンの皮、出汁昆布、削り節、煮干し、擂りリンゴ、生姜の端など、糠床のアクセントとなりそうな残飯をその都度、適当にぶち込む。じゅうぶんかき混ぜたあと、軽く塩もみした胡瓜や茄子を新たに投入する。これを日に二回、ときに三回ほど繰り返し、くどいほどの愛を注ぐ。その日の野菜保存具合によって白菜やカブを入れてみたり、大根の葉や人参を入れてみたり。先日は人参の葉っぱを試したが、これはあまり糠漬けには向いていなかった。

いずれにしても循環が大事である。現に日が経つにつれて糠味噌は柔らかくなり、ちょうどパン種を発酵させたときのようにふんわりフカフカになってきた。野菜も最初は塩辛いばかりだったが、このところ酸味と塩味のバランスが取れてきたように思われる。

あとの課題は茄子の色だ。鉄釘を入れたいと思っていたら、いつのまにか台所の片隅に鉄製のピーターラビットが置かれていた。

「なにこれ?」

相方に聞くと、どうやらこれまたネットにて、「糠味噌用鉄器」というものがさまざま販売されているので注文したという。この可愛らしい南部鉄のピーターちゃんをくっせー糠味噌に沈み込ませるのはいささか気の毒な気もしたが、思い切って投入する。そして二日経過。いまだに茄子は美しい茄子色に仕上がらない。ピーター、頑張れ!

夏目家の糠味噌は末利子夫人の言葉を借りると、「フルーティーな甘い香と頗《すこぶ》るつきの美味」が伴うらしい。どうひいき目に見ても、我が家の糠味噌はそこまでの域には達していない。さらに循環度を増す必要がありそうだ。

「最近ね、糠味噌を漬け始めたの」

出先にて、会う人ごとに、さりげなく語りかけてみる。

「え、そうなんですか?」

即座に目を光らせて興味を向けてくる相手と認めるや、私は言葉を重ねる。

「お好きなら、今度、持ってくるね」

私は嬉々として、前夜に漬け込んだ胡瓜や茄子やカブや人参を糠床から取り出して、

「あんたたち、お座敷がかかったよ」

ビニール袋に突っ込んで、口をかたく留め、それを持っていそいそと出かける。

「あ、ありがとうございますぅ」

手渡すと、一応、礼を言われるのであるが、その後、「おいしかったあ。またお願いします」という反応は届かない。

一方、我が家では毎度の食卓に並べ、「ほら、どんどん食べてよ」と家人や秘書アヤヤにすすめるが、「食べてますよ、さっきから」と、義務を課された囚人のような暗い声が返ってくるばかり。

しかし戦いはこれからだ。よし、ビールを注いでみようかな。糠床のために、今夜の晩酌はビールと決める。

アラウンド　ザ　中華

今と違い、私が子供の頃はファミリーレストランなどというものがなかったので、家族で外食をするとなれば、もっぱら向からのは中華料理店であった。

もうあちこちに何度も書いたエピソードではあるが、小学一、二年生のときの誕生日、父に「何が欲しい？」と聞かれ、いつになく優しい父の言葉に動揺した私が「何がいいかな、何がいいかな」とぐずぐず迷っているうちに、「よし、中華料理を食べに行こう」と決まった。がっかりしつつも、なんたって私のためのお祝いである。家族一同、和やかに店で食事をした。そこまではよかったが、会計を済ませ、店の外に出たとたん、私が「寒い！」と呟いたのがいけなかったらしい。時節は十一月の初め。幼い子供が北風に反応したからといって責められる理由はないと思うが、父にはそう聞こえなかったようだ。

「なんだと？」

即座に怖い目で振り返られた。

「お前のためにわざわざごちそうしてやったのに、寒いとはなんだ、寒いとは！」

こうしてその後、父は家に辿り着くまで車のハンドルを握りながら後部座席の私を怒鳴り続け、私はオンオン泣き続け、途中、助手席に座っていた母が、「そんなに怒鳴らなくても」と小さく口を挟んだ途端、「お前は子供の肩を持つ気か！」と父の怒りはそのまま母にスライドし、車を停めて母を強引に降ろしてしまったという、恐怖の「誕生日寒い事件」というものがあった。

しかし、思えば父は癇癪《かんしゃく》を起こしながらも実に頻繁に、家族を引き連れて中華料理店に連れて行ってくれたものだ。

当時、昭和三十年代から四十年代にかけて、東京の中華料理店は新橋に集中していた。家族で足繁く通った店の一つに「四川飯店新橋本店」があった。「寒い事件」の店は、四川飯店ではなかったと思うのだが、はたしてあれはどこだっただろう。恐怖とともに記憶はぶっ飛んだ。

新橋の四川飯店に最初に連れていってくれたのは、広島の伯父である。伯父が仕事で上京すると、ときどき四川飯店に母と子供たちを招いてくれた。

伯父はよく「おこげ」を注文した。しかし、私はこの「おこげ」があまり好きではなかった。当時、タケノコや椎茸が苦手だったので、それらがたっぷり入っていたからではないかと思われる。が、注文したおこげ料理がテーブルに運ばれて、店の人が、ご飯のポテトチップスのようなものが載った大きな皿をテーブルの上に置き、続いて熱々の肉や野菜やエビのたっぷり入ったドロンとした餡を上から勢いよくかける瞬間にはいつも目を見張ったものである。

「ッジャアアーーーーー！」

この豪快な音は好きだった。

長年、興味がないと思い込んでいた「おこげ」を最近、中華料理店のメニューで見つけ、珍しく注文してみたところ、そのおいしさに驚いた。子供時代に嫌いだったものは、六十年も経るとたいがいおいしく感じられるものである。

我が家族が中華料理を愛する理由の一つは、「白いご飯に合う」からだと思われる。父、母、兄弟と円卓を囲むと、注文した料理が次々に運ばれてきて、各自、自らの小皿に取り分ける。当然のことながら大皿は空になる。たちまち店の人が歩み寄ってきて、空になった大皿を引き取ろうとする、その瞬間、

「まだ！」

手を伸ばし、皿を持ち上げようとする店員さんを止めるのである。一人ではない。全員がほとんど同時に。なぜか。大皿に残ったソースをあとで白いご飯に混ぜて食べ尽くしたいからだ。ナマコの醤油煮、フカヒレ、青椒肉絲《チンジャオロースー》、エビチリ。本体を食べ終わっても、皿にはまだたっぷりとソースがへばりついている。捨ててしまうのはもったいない。もちろんお行儀のいい食べ方でないことは承知している。だから、家族以外の人と中華料理を食

べに行った場合は、我慢する。まだソースが残っている大皿が運び去られるのを恨めしく見つめながら我慢する。

子供の頃、料理以外に中華料理で私が好きだったのは、食後に出てくる「揚げあん巻き」だ。実のところ、初めてこの「揚げあん巻き」に出合ったのが四川飯店だったか他の店だったか定かではない。私が小学生の頃、ときどき通っていたのは四川飯店か赤坂にある赤坂飯店ぐらいだったから、そのどちらかではなかったかと思う。このデザートは、どこの店にもあるものではなかった。春巻きと同じような皮を使っているが、春巻きほど太くなく、細長いスティック状になっている。その中に黒い餡子が入っていて、まあ、言ってみれば餡入り揚げクレープみたいなものだが、子供の頃は、夢のような味に思われた。今でもあちこちの中華料理店で「揚げあん巻き」を探すのだが、お目にかかることはめったにない。

父は四川飯店にとどまらず、誰かから「あそこはうまいよ」と聞けばすぐに飛んでいき、「うまい!」とわかると家族を連れて通い続け、また別の情報が届くと……と新たな店の開拓に余念がない。それを長年、繰り返してきた。都心に限らず、電車で一時間近くかかる場所であろうとも、いそいそと出かけた。食欲は労苦を超えると知ったのは、父を見て育ったせいである。

そのエネルギーは国境をも越えた。私が両親ともども香港へ旅行に出かけることが決まったときは、事前に作家で経営コンサルタントの邱永漢《きゅうえいかん》氏に「どこがうまいですか」と問い合わせ、そのメモを持って飛行機に乗り込んだ。機内で父がニヤニヤと、何をやっているのかと覗き込んでみたら、日程表を作っているではないか。

「まず、今夜の飯はどこそこにしよう。明日の朝は、お粥を食べにどこそこへ行って、昼飯がどこそこで、夜はどこそこのレストラン。しかし招待飯もあるからなあ。回数が足りないな。おい、どこかで夕食をはしごするか」

　香港の飛行場に着くまで母を相手に、ひたすら食事場所の配分に専念している父を見て、驚愕したのを覚えている。

　しかしおかげで……父と邱永漢さんのおかげという意味ですが、香港にて、観光客がめったに来ることのない（と当時は言われた。その後は有名になった）「一品香菜館」という名店を知ることができた。こぢんまりとした庶民的な店ではあるが、なんということのない野菜炒めや麺類の味が忘れられない。今の時代はネットのおかげで国内のみならず海外のおいしい店も検索すれば容易に見つけることができるけれど、当時は「おいしい」と思う感覚の似た情報通に教えてもらうしかなかった。

　香港といえば、同じく両親ともども別の機会に訪れたとき、オープンしたばかりのリージェントホテルの中華レストランで、生まれて初めて「蒸し魚の香味油風味」という料理を食べて感動したことを思い出す。脂のほどよくのった白身魚を丸々蒸して、その上に生姜と白ネギと香菜をたっぷりかけ、醬油と胡麻油のソースがしっとりと染み込んだ料理だ。香港で食した魚がなんであったかわからないが、日本では金目鯛が合うと言われている。その後、日本に帰ってからもメニューに載っていると注文したくなるのだが、なぜかたいていの場合、

「それより海老かイカ料理にしようよ」

とか、

「二人ではボリュームありすぎ」

とか、

「骨が多そう」

とか、同伴者の小さな抵抗を受け、なかなか食する機会に恵まれない。思い出したら食べたくなった。今度、自分で作ってみるか。

外国旅行をしてつくづく思うのは、中国人の驚異のバイタリティーと中華料理の揺るぎなき存在感である。どれほど辺境の地へ赴いても、どんなに中国から遠く離れていても、中華料理店は必ずある。

四十年近く前、エチオピアに飢餓の子供たちの取材に行った折、首都アジスアベバでスタッフともども向かったのも中華料理店だった。過酷な取材や慣れぬ食環境に胃が疲れてくると、日本人旅行者はとりあえず現地の中華料理店を目指す。日本料理店を探すのは難

しくても中華料理店は見つかる。日本人旅行者にとって海外の中華レストランは救世主である。私自身、たとえばフランス料理が一週間続いたら、たぶん寝込むと思うが、中華料理ならば二週間でも喜んで食べる自信はある。中国人じゃないのにね。

ゆるい坂を上がったところにアジスアベバ唯一の中華料理店はあった。店の入り口に着くなり、スタッフが驚いた様子で坂の下を振り返った。どうしたのかと問うと、「今、店を出て行った人は、猿の研究者の河合雅雄さんだよ」と興奮した面持ちで言った。こんなところで日本人とすれ違うとは。驚くと同時に、世界に誇る猿学の権威も長く母国を離れていると中華料理を食べたくなるんだなと、挨拶もしないまま勝手に親近感を覚えた。

海外で食す中華料理が必ずしもおいしいわけではない。現にアジスアベバのレストランで何を食べたかほとんど記憶にない。河合雅雄さんとすれ違ったことしか覚えていない。かつてアメリカのどこか田舎町で訪れた中華料理店では、どの料理にもパイナップルが入っていて辟易《へきえき》したことがある。韓国の中華はキムチが多く入っていたし、内モンゴルで食べた中華料理はいずれも羊肉の匂いが強かった。反対に、中華好きのアメリカ人を日本のチャイニーズレストランへ連れて行ったら、「パンチが足りない」と指摘された。世界の中華はそれぞれに、その国の舌に順応していくようだ。

またもや両親と一緒の旅の話であるが、地中海の島々を巡ったことがある。客船クルーズだったので、毎日ほとんど洋食だった。その旅の洋食はかなりおいしかったと記憶するが、それでもしだいに胃が疲れてきた。あれはどの島に上陸したときだったか。

「おい、観光はいいから、中華料理の店を探そう！」

父と母と私の三人は、島の人に訊ねてようやく繁華街から離れた場所に一軒の中華料理店を見つけた。客はほとんど入っていない。商売する気があるのかどうかも怪しい長閑《のどか》な空気が流れている。席に着き、メニューを見て、父が狂喜した。

「おい、スワンラータンがあるぞ」

さっそく店の奥に声をかけ、酸辣湯と他にもいくつかの料理を注文した。大きな器で供されたスープを自分のカップに注ぎ、一口すすったのち、そばに置かれた酢と辣油をドバドバかけて、父は安堵した顔になった。

「ほら、お前も食べなさい」

勧められて私も食してみたが、どうもピンと来ない。かすかに酸っぱくてかすかにピリッとしているが、全体的にはトマトと野菜の薄口スープである。これが地中海風アレンジか。でも父は不機嫌にならなかった。ふだん、少しでも口に合わないものを食べると、「あと死ぬまでに食べられる食事の回数は限られているんだ。一食損をした！」とたちまち機嫌が悪くなるくせに、海外に出ると点数が甘くなるらしい。久しぶりの中華だったのだ。出合えただけで幸せだったのかもしれない。

牡蠣《かき》ニモ負ケズ

最近、気に入っているオイスターバーがある。といってもまだ数回しか行っていないが、カウンターとテーブル席いくつかの小さな店である。その店の名物は「毎日、空輸で届く広島の新鮮な牡蠣」。オイスターバーだから当然かもしれないが、これがおいしく、なおかつ楽しい。氷を張った銀の大皿に、「かき小町」とか「先端」とか「大黒神島《おおくろかみじま》」とか名札のついた、それぞれに大きさもかたちも違う生牡蠣が並べられ、それを一つずつ小皿に取って、そのまま、あるいはレモンをかけて、はたまた特製ビネガーを垂らし、ギンギンに冷えたシャンパンか白ワインとともに、いただく。

「うーん、どれがいちばん好きだった？」

「そうだなあ。私は『先端』」

「『大黒神島』もおいしい」

「そうねえ。甲乙つけ難し！」

同伴者と語り合いつつ味わう……と、これもオイスターバーだから当然か。

そもそも私はオイスターバーと銘打った店に今までさほど馴染みがなかった。いつの頃からかオイスターバーなる店をところどころで見かけるようになり、一瞬、興味をそそられるのだが、「牡蠣か……」と逡巡《しゅんじゅん》し、結局、足を踏み入れないまま、今に至っていた。

決して牡蠣が嫌いなわけではない。むしろ大好きだ。ただしかし、牡蠣だけを食べ続けるのは辛そうだと思ってしまう。

ずっと昔、「鮎を食べにいこう」と誘われて、渓流の横に立つ鮎料理で有名な料亭に赴いたら、本当に鮎だけが出てきて、それは確かにおいしかったのだけれど、ひたすら鮎の塩焼きと塩焼きと塩焼きと、そして最後に鮎めしを食べて帰ってきたときに、「もうしばらく鮎はいりません」と思った覚えがある。

豆腐専門店というところに行ったときもそうだった。豆腐だから料理法は山とある。冷や奴、湯豆腐、豆腐ステーキ、揚げ豆腐、豆腐しんじょう……。それぞれにおいしい。どれも好物だ。でもどれを食べても豆腐だった。さすがに他になにかないかしらと、メニューを裏返してまで探してみるが、ほとんど豆腐。豆腐は大好きながら、豆腐だけでその夜を終わらせるのはなんとも寂しかった。

その経験があるからか。オイスターバーと聞くと、きっと牡蠣しか出てこないだろうと思って躊躇するのである。

しかしこのたびの店は、牡蠣以外のメニューも豊富だ。もちろん牡蠣がメインである。

生牡蠣の他に、スモーク牡蠣や牡蠣フライの用意もある。でもきっと、「牡蠣を食べているうちに、お肉や新鮮野菜も食べたくなるだろうな」という店の配慮とおぼしき料理の名前が並んでいる。自家製ベーコンの炭火焼き、生ハム、グリーンサラダ、さらにミートソースパスタやスパゲティナポリタンもある。

ホッとする。ホッとした勢いでメニューから顔を上げ、でもホッとし過ぎるのも店に失礼な気がして、牡蠣を注文したあと、小さい声で追加する。

「あと、ミートソースパスタを一つ」

何度も申し上げるが、私は牡蠣が大好きである。寒い季節になり、スーパーの鮮魚売場の横を通って牡蠣を見つけると、その日の献立の予定に入っていなくとも、即座に籠に入れる。あたかも私の冬の風物詩であるがごとく、とりあえず買って帰るのだ。家に牡蠣の買い置きがあると思うだけで、豊かな気分になる。

さてこの牡蠣を、どう調理しよう。ここが迷いどころである。

いちばん手っ取り早いのは、牡蠣のバター焼きだ。生の牡蠣をパックから出すと、まずボウルに入れて、食塩水につけ、よく洗う。昔はこんな下処理などしなかったが、あるとき人に教えられて塩水の中で洗ってみたら、なんと牡蠣肌のピチピチと美しく蘇ることか。白く光り輝くだけでなく、身が膨らむようにも見える。これは大事な手順だと知って以来、手間を惜しまず実行しているが、最近のネット情報は偉大ですな。「牡蠣の下処理」で検索すると、あちらこちらに、「牡蠣は塩と片栗粉をまぶして丁寧に洗うときれいになります」とあった。だから今さら私が「塩水で洗うといい」なんて指南しても「古い！」と叱られるかもしれない。次回は片栗粉も入れて洗ってみます。

とにかく、そういう具合に牡蠣をきれいに洗ったのち、水を拭き取り、片栗粉でなく小麦粉をまぶす。一方、フライパンを熱してそこへニンニクのかけら少々とバターを落とし、小麦粉にまみれた牡蠣を一つずつ、ジューッと焼く。胡椒はともかく、塩は少なめに。すでに牡蠣には塩分が含まれているので、塩をかけすぎると危険です。ほどよく焼き色がついたら皿に盛り、レモンをかけて召し上がれ。

あんまり簡単過ぎて、書いている私も気が引けた。

では次のレシピ。これは頻繁に作るわけではないけれど、小さい頃から馴染んできた牡蠣料理の一つである。父がもともと広島で生まれ育った影響で、牡蠣を食べる機会は比較的多かったと思う。広島に住む父方の伯父伯母の家へ行くと、ときどき出てきたのが牡蠣めしだった。ただこれが、広島独特の作り方なのか、あるいは父の一族が好んで作っていたのかはわからない。そう思うようになったのは大人になってからのことで、さるところで牡蠣めしを注文したら、自分の知っている牡蠣めしとはまったく異なるものが出てきたからだ。

普通、牡蠣めしと一般的に思われているのは、いわゆる牡蠣の炊き込みご飯のことらしい。でも私には新鮮だった。

「え、これが牡蠣めしなの」

私が昔から食べ慣れていた牡蠣めしは……、と豪語しながら、正しい作り方を理解しているかといえば、心許《こころもと》ない。この牡蠣めしの作り方を知っていた伯母も母もすでに他界した。だから訊ねる人がいない。となれば、私が勝手に書くしかなかろう。こうして歴史は塗り替えられていく。

さて、どこが基本的に普通の牡蠣の炊き込みご飯と違うのかと言えば、ご飯の上に出汁をかけていただくところである。

まず、よく洗浄した牡蠣を、醤油味を薄目につけた鰹出汁《だし》の中で軽く茹《ゆ》でる。軽く。茹ですぎるとかたくなっておいしくない。続いて米を研ぎ、炊飯器に入れる。水は入れない。水の代わりに、牡蠣を茹でた鰹出汁を、米の分量に合わせて炊飯器へ注ぐ。つまり二合の米なら二カップほどの、牡蠣の香りのついた出汁で米を炊くのである。

牡蠣の身には、鍋の中でしばしお待ちいただく。牡蠣を炊飯器には入れませんよ。

別鍋にて、醤油と塩で薄味に整えた出汁を作ってアツアツの状態にしておく。あとは三つ葉少々、わさび、海苔を用意しておくことぐらいか。

ご飯が炊き上がったら、器に盛り、鍋で待機していた牡蠣を数個、三つ葉、わさびと海苔を散らし、その上からアツアツの出汁を注ぐのである。ほら、おいしそうでしょう。これをいただくとき、出汁に浸された牡蠣の身がしょぼくれているとよろしくない。プリンプリンと身を膨らませ、出汁の香りとともに口の中で広がるところがいい。だから最初に牡蠣を茹でるとき、くれぐれも茹ですぎないことが大事である。って、こういうことでよかったでしょうかね？　と訊ねても、誰も返事をしてくれない。母や伯母の記憶がしっかりしているうちに、きちんとレシピを書いておくべきだった。

もう一つ、私が得意とする牡蠣料理がある。しかしそれは以前にも何度か書いたことがあるので詳細を省くが、つまりは牡蠣のオイル漬けだ。たっぷりのニンニクとたっぷりのオリーブオイルやローリエを加えてソテーしたのち、牡蠣の身だけを取り出して保存容器に入れ、新たなオリーブオイルを加えて、数日冷蔵庫で寝かせるというもの。とすると、最初にソテーしたときのニンニクの香り満載のたっぷりオイルはどうするの？　そういう疑問の湧く人が好きです。そうでしょう。捨てる手はないでしょう。だから私は残ったオイルを別の容器に保存する。そしてご飯が余ったときなどに、「そうだ、あのオイルを使って牡蠣リゾットを作ろう」と思い立つ。そのときの歓喜の声を君は知っているか。「残って余った」と思ったものが、上等の味になって復活したときほど嬉しいことはない。ときに私はそのオイルリゾットに生クリームをかけることもある。もちろんかけなくてもおいしい。レモンをかけてもいける。もちろん塩味だけでも美味である。

そういえば、冒頭に紹介したオイスターバーの黒板に「牡蠣とポルチーニ茸の焼きおにぎり」という文字が書かれていた。これがずっと気になっているのだが、生牡蠣や牡蠣フライやスモーク牡蠣やミートソースパスタを食べているうちにお腹がいっぱいになり、どうしても辿り着くことができない。

「どうします？　作りましょうか？」

厨房からシェフに声をかけられるが、「うーーーー」と唸ってまもなく、

「次回にします」

そんなわけでまだ食していないのが心残りである。その心残りを携えて、仕事先で人に会う。

「今度、ご飯を食べましょう！」

声をかけられると私はつい、

「オイスターバー、どうですか？」

この試みを私は三度、行った。が、そのたびに、

「牡蠣ねえ。牡蠣はちょっと……」

世の中には案外、そういう人の多いことに気がついた。なぜかと問うと、

「一度、当たったことがありまして」

そこで私が仰天する。一度？　たった一回のピイピイ経験で、生涯、あのおいしい牡蠣を食べることをあきらめてしまうのか。

「基本、好きなんです。でも怖くてね」

好きなのか？　ならば挑戦してみればいいのに。私は再度、仰天する。

自慢じゃないが、私はこの歳に至るまで四回、牡蠣に当たった経験がある。一度目は子供の頃、広島にて。水洗ではない便器に顔を近づけて、あるいはお尻を突き出して、死ぬかと思うほど苦しかった。次はいつだったか。自宅だったと思われる。そして三度目と四度目は外食先だったが、翌日に七転八倒した。しかし私は牡蠣を決して嫌いにはならなかった。今度牡蠣を食べたら死ぬらしいという噂を耳にしつつ食べ続けているが、まだ死んでいない。牡蠣は七転八倒し、そして七転び八起きするだけの価値がある。神が賜うたこの美味を、たかが一夜のピイピイで抹殺してなるものか。

あと好きな牡蠣のレシピは……、しつこいか。

やっぱり牡蠣が好き

お腹の痛みに目が覚めた。かすかに吐き気も覚える。薄目を開けて時計を見ると、まだ三時前だ。

……という始まりで、かつて「小さな雑菌」というタイトルの一文を書いた。先日、まったくもってこの出だしと同じ状況に陥った。胃の不快感に覚醒し、薄目を開けて時計を見ると、夜中の二時半過ぎだった。夕刻にお腹に入れたものはだいたい七、八時間くらい胃に居座るらしい。律儀なものである。

前回同様、私はしばらくベッドの中で我慢した。吐き気より眠気が勝れば、このまま平穏な朝を迎えることができるかもしれない。かすかな希望を抱きつつ、不快感を忘却の彼方へ追い払おうと努力した。深呼吸をしてみたり、寝返りを打って体勢を変えてみたり、あるいは小さな声で「頑張れ頑張れ！」と自らを鼓舞してみたりする。が、あらゆる努力の甲斐もなく、だんだん口内に生唾が溢れ出す。心なしか寒気も覚える。そして、もはや何をどう試みても耐えられないという限界に達したとき、意を決して掛け布団を勢いよく蹴散らし、お手洗いへ駆け込んだ。すべて前回と同じ行動経路である。夜中の孤独な七転八倒劇の幕開けだ。

実のところ、このたびの夜中の騒動は、七転八倒ほどの苦しみには至らず、四転五倒ほどの軽症で収まったのは幸いだったが、はて原因が何であったかと思い返してみるに、はっきりと特定できた。

前夜、生牡蠣を一つ、さるレストランでオードブルにいただいた。プルンと丸く美しく、とても悪い菌を持っているようには見えなかった。同行した女ともだちと三人で、口に入れた途端、「うーん、おいしいねえ」とフォーク片手に共鳴した。そのあとも食の勢いはさらに増し、肉や野菜やパスタをたんまりいただき、シャンパンと白ワインと赤ワインもじゅうぶんに堪能し、幸せ気分で帰宅した。いつものように眠りに落ちるまで静かな満腹感が続く……はずだった。

お手洗いでのしばしの格闘を済ませ、ベッドに戻って目を閉じた。はたしてあとの二人は息災であろうか。私同様、今まさに苦しんでいる最中かもしれない。あるいは何事もなく深い睡眠の湖に沈んでいるだろうか。確認するには不適切な時間帯である。

朝、私は目を覚ますと同時にＬＩＮＥを打つ。

「ご無事ですか？」

私の問いに、一人は、

「え？　お腹壊したの？　大丈夫？」

いとも健康そうな反応だ。ところがもう一人はというと、

「実は私も少し、緩かったです」

やはり。こういうとき、ちょっと嬉しくなるのはどうしてかしらん。

緊急事態宣言が解除され、感染者の数が激減したあたりから、じわじわと外食の回数が増え始めた。長らく会っていなかった友人とのご飯会、延ばし延ばしになっていた仕事の打ち合わせ会食、打ち上げなど、晩ご飯に限らずランチで会合という誘いもある。この二年、ほぼウチの粗食でまかなっていた身に、解放気分と豪華モードが一気に舞い降りた。

それはもちろん素晴らしく幸せなことであり、自力ではとうてい作ることのできないプロの味わいに、理性も感性も頭も口も、あらゆる身体の属性が（財布以外）狂喜乱舞したことはまちがいない。

「やっぱりお店で食べるとおいしいね」

注釈：この台詞を自分で言う分には素直に納得するが、亭主に何度も連呼されると、小さくカチンとくる。

「お皿洗いもしなくて楽だしねえ」

注釈：この台詞を私が言うと、周囲は頷いてくれるけれど、亭主殿だけは、「洗っているのはわしだ」と隣でさりげなく呟く。

そういえば以前、平野レミさんのウチに自動食洗機が届いたときのこと。

「本当に便利なの。手がぜんぜん荒れなくなったのよ。すっごい便利」

訪ねてきた来客相手にレミさんが自慢したところ、隣で和田誠さんが静かにおっしゃったそうだ。

「それは僕が言うべき台詞だよ」

話が逸れました。

かくしてご飯作りから解き放たれた私は、ここを先途とばかりに頻度高く外で食事をするようになった。私だけではない。ウチの秘書アヤヤも友達とのご飯会の予定が増えたという。仕事仲間もゴルフ仲間も誰もかれもが、店の予約に明け暮れている様子だ。今のうちに出かけなきゃ。今のうちに集まりましょう。しかし、この浮き立つムードに冷たいまなざしを向ける存在が一つだけあった。

胃袋である。胃袋にまなざしはないけどね。

胃袋がしだいに疲れてきた。なにしろこれほど外食が続くことは久しくなかったのである。まるで終戦まもなく、さつまいもだけで体力を維持していた日本人がアメリカへ渡り、一気に栄養価の高い牛乳やステーキを食べてお腹を壊したようなものである。一気はいけません。

「なんで当たったんだろう」

馴染みにしているレストランのUシェフに問いかけた。

「あれって、人によるんですよね。当たらない人は当たらないしね」

多くの客を相手にしているシェフはしみじみとそう言った。そうかもしれない。牡蠣そのものの個体差もあるだろうし、免疫力が落ちていることもある。そういうタイミングに生ものを体内に投入すると、防衛能力が追いつかない。それにしても私は当たる確率が高い気がする。

基本的に私は宝くじもお年玉付き年賀はがきも歳末福引き大会も、まともな景品を当てたことがない。にもかかわらず、食べ物ではよく当たる。現に、その場で一緒に同じものを食べたはずの友達はピリともチクとも痛みを覚えないのに、私は夜中の七転八倒を経験するというケースが多い。自慢じゃないが、アニサキスには二度、当たった。二度もアニサキスに当たるのは極めて珍しいことだという。それは単なるバカだと作家の伊集院静氏に呆れられたことは前に書いた。その伊集院さんも二度当たったバカの一人なのだが。

牡蠣に話を戻すと、数年前、四回目にやられたのが、まさにUシェフの店でのことだった。シェフいわく、

「他のお客さんにも同じ牡蠣を出したんですけどね。当たったのはアガワさんチームだけだったんですよ。いやあ、僕もショックでした。申し訳なかったです」

謝っていただくと、却って申し訳なくなるが、当たった報告はしたほうがいいだろう。

ちなみにそのとき同行したのは秘書アヤヤ嬢だったが、二人とも翌日ダウンした。その事件以来、Uシェフはどんなにおいしい牡蠣が入荷してもアガワチームには出してくれなくなった。だから今回、五回目の牡蠣ヒットとなるわけで、やはり当選確率が極めて高いと言わざるを得ない。

「五回も？　信じられない！」

「私は二回、酷い目に遭って以来、もう二度と生牡蠣は食べないことにしてるけど」

「僕は一回だけですが、猛烈に苦しんで、それから食べられなくなりました。本来は大好きなんですけどね」

「アガワさん、今度当たったら死にますよ！」

不吉な予言をする人まで現れた。

そんなこと言われても、店の人に、「今日はおいしい生牡蠣のご用意がありますよ！」と笑顔で囁かれたら、「いらない！」なんて冷たい言葉を吐けるものですか。隣のテーブルに目を遣って、殻に乗った白くふくよかな牡蠣のお腹にフォークを突き刺し、片手にシャンパングラスを握り、「うーむ、絶品！」と唸る姿を目撃したりした日にゃ、

「私も一つ！」

注文しないでいらりょうか。

もちろん今回のように、蟄居《ちっきょ》の反動で刺激的な外食が続くうち、胃がちょっと疲れてい

ると感じられる間ぐらいは自制しようかと思う。翌日に大事な仕事を控えていれば、自らを制御する覚悟はある。

こうして私は数日間の自粛期間を経て、ウチの冷凍庫を開けた。おお、忘れかけていたではないか。過日、ふるさと納税を使い、広島の牡蠣を取り寄せたのであった。冷凍状態の加熱用むき身牡蠣の一袋五十個入りが三袋、冷凍庫を占拠している。これ、食べなきゃね。

もちろん生で食べるつもりはない。しっかり熱を通せば問題ないだろう。さっそく解凍の準備をしていると、

「え、牡蠣、食べるんですか？」

秘書アヤヤが不審なまなざしで近づいてきた。「あんなに苦しんだばかりなのに」

私は振り返って返答する。

「火を通すから大丈夫よ」

するとアヤヤ、

「そういう問題ですか？」

そういう問題だ。私はその晩、久々に我が家流の牡蠣めしを作った。それは、炊き込みではなく、汁かけタイプである。

ご飯は普通に炊く。別に出汁を取り、塩と醬油で薄味をつけ、そこへよく洗ってきれい

に掃除した牡蠣を投入。本当はミディアムレアぐらいの煮込み具合がいいけれど、今回は中までしっかり火を通そう。大きめの器にご飯を軽く盛り、上にわさび、三つ葉、海苔を載せ、その上から熱々の牡蠣出汁を注ぐ。いわば牡蠣の出汁茶漬けのようなものであるが、広島出身の父が昔から好んでいた。広島の伯父伯母の家に行っても、牡蠣めしといえばこれが供された。だから私は大人になって初めて炊き込み牡蠣ご飯に出合い、驚いた。

牡蠣の風味の染み込んだ汁を飲み、続いて身とご飯を口へ運ぶ。そのとき、三つ葉とわさびと海苔の風味は欠かせない。いい味のバランスを醸し出してくれる。

「ああ、牡蠣ってやっぱりおいしいね」

何度当たっても、何度酷い目にあっても、私はやっぱり牡蠣が好き。

モチモチしよう

正月気分もとうに抜け、あら、もう二月？　一月往《いちげつ》ぬる二月逃げる三月去るっていうけれど、本当に早いわねえなどとぬかしておるうち、いつのまにか餅への興味も抜けていることに気づく。

餅はなぜ、正月特有の食べ物なのだろう。今年初めのニュースでも、正月に餅を喉に詰まらせて救急搬送された高齢者が都内で二十人近かったと報じていた。毎年のことだ。餅を食べたら喉に詰まるであろうことは、年齢や普段の咀嚼《そしゃく》状況から判断すれば容易に予測できるだろう。でもまあ、お正月だもんね、おばあちゃんに食べさせてあげようよ。おばあちゃん、気をつけて食べてね。家族もよくよく注意していたはずなのに、やっぱり詰まるときは詰まる。どれほど苦しいことだろう。「餅詰まらせニュース」を耳にするたび、ウチも気をつけようと誰もが心に期すはずだ。それでもなお、日本人は正月に餅を食べずにはいられない。

この際、免許証返納と同様、「そろそろ危ういぞ」と予感したら、あるいは家族が「ウチのおじいちゃんはもう食べないほうがいい」と判断したら、「今年の正月を最後に、餅を自主返納いたします」と宣言するよう国で奨励してみてはいかがだろうか。

「餅を喉で逆走させる心配があります」

「嚥下《えんげ》のアクセルとブレーキを間違えて、まだ喉を通過しない大きさにもかかわらず喉に向かって暴走したようです」

運転免許証と餅をセットで返納する法律ができたら、家族はホッと安心するけれど、本人はさぞや情けないにちがいない。私とて、免許証はいずれ返納しようと思っているが、餅を諦めろと言われたら、たぶん、泣く。

高齢者病院に入院中だった父が正月を迎えたとき、

「白味噌の雑煮が食いたい」

毅然と呟いた。父の気持はよくわかる。そうだろうそうだろう。毎年かかさず我が家で元旦に食べていた雑煮を口にしたい。そう願うのは無理もない。家族としても、「それは無理です。食べさせませんよ」などと厳しいことは言えなかった。

幸い、その病院は料理の持ち込みが自由であった。少量ならばお酒をたしなむことさえ許されていた。私は自宅で、かつて母が担当していた白味噌雑煮を作って持っていくことにした。

まず大根、ニンジン、里芋を適当な大きさに切ってそれぞれに茹でておく。鶏肉も一口大に切り、醬油、砂糖、酒で味をつけて下煮する。別鍋に鰹出汁を取り、白味噌を少しずつ溶かし込む。

白味噌の濃さには好みがあり、私はやや薄味のほうが好きなのだが、父は濃い目を好んでいた。そして肝心の餅についても、父は丸餅を所望した。が、丸餅を買ってくるのは面倒なので手元の四角い餅でごまかす。

餅は焼かず、湯の中でとろとろになるまで柔らかくしておく。白味噌出汁の味が調ったら、そこへ大根、ニンジン、里芋と、甘味に煮ておいた鶏肉を投入し、最後に餅を入れて鍋底が焦げないよう気をつけながら、熱々になるまで温める。

さて出来上がった白味噌雑煮を、私は父の病室へどうやって持っていったか覚えていない。病院で温め直してもらったのか。あるいは少し冷めた雑煮を父の口に運んだか。そのあたりの記憶が飛んでいるが、何より気がかりだったのは餅の大きさだ。

そもそも父が入院生活を始めるきっかけになったのは誤嚥性肺炎を起こしたからである。高齢になり、喉の嚥下能力が落ちたせいで食べ物や水分を喉から食道へ運ぶことができず、間違って気管へ流し込んでしまう。そのとき一緒に道を間違えた雑菌が肺にたまり、肺炎を起こす。

高齢者が誤嚥性肺炎を起こしたら、それこそ命取りになりかねないと言われていたが、一ヶ月にわたる絶食と流動食生活を経て、父は見事に回復した。晴れて普通食が食べられる身となった父は大喜びである。さっそく「鰻が食いたい」と言い出した。

いやいや、それは危険過ぎるでしょう。鰻の小骨が喉に引っかかって誤嚥性肺炎を再発させたら大変だ。私は病院のお医者様のもとへ飛んで行き、訴えた。

「父が鰻を食べたいと言うのですが、ダメですよねえ」

娘がお伺いを立てれば、

「それはちょっとご遠慮願います」

そう返答されるに違いないと確信していた。ドクターストップがかかれば父も諦めるだろう。ところがその先生……というか病院の会長様（慶友病院の大塚宣夫会長）はケロリとおっしゃったのである。

「よろしいんじゃないですか？」

加えて言葉を続けた。

「食べたいという意志があることが大事です。食べたいものはたいがい喉を通るのです」

その一言に私は感動した。そうか、あれはダメこれもダメという前に、おいしいものを食べたいという意欲を尊重すべきなんだ。なんと患者の気持に深く寄り添った哲学であろう。おかげでその後、私は父の病室へ鰻の蒲焼きを頻繁に運び込むはめとなった。

鰻は柔らかいから、小骨にさえ気をつければ老人の喉を通りやすい。しかし今回は餅である。変幻自在。どちらへ伸びてどこにペタリと張りつくかわからない。私は緊張した。

雑煮を食べさせたことが原因で父が息を引き取ることになったら、娘の私は殺人罪に問われるかもしれない。しかし、目を閉じてひたすら静かに「餅が食いたい」とお経のように繰り返す父を諦めさせるのも忍びない。

私は雑煮の中に沈む餅を取り上げて、できるかぎり小さく切り分け、だいたい一センチ角ぐらいのちびっこ餅にして、おそるおそる父の口へ運んだ。

父が弱々しく口を開く。そこへスプーンですくった餅と味噌出汁を用心深く流し込む。そしてしばらく様子を窺う。

詰まったか？　無事に喉を通り過ぎたか……？　長い時間をかけて口の中で咀嚼していた父の表情がゆっくりとほどけ、

「うまい」

その一言にどれほど安堵したことか。もし父が顔を真っ赤にしてもがき始めたら、私は病院の掃除機を持ってきて父の口にノズルを突っ込み、餅を吸い上げる覚悟であったが、そんなことをせずに済んでよかったよかった。

喜んでいる場合ではない。そう遠からぬ将来、必ずや私も餅を喉に詰まらせる日が訪れるのである。嚥下機能が低下する前、今のうちに餅をたっぷり楽しんでおかなければなるまい。そう思ったせいか、この正月はいつにもまして餅をたくさん食べた気がする。

もちろん最初は雑煮。白味噌雑煮。白味噌雑煮に飽きたらお澄まし雑煮。具は、大根、ニンジン、里芋に加えてほうれん草か小松菜を入れ、さらに餅は焼く。焼き餅の香ばしさが出汁の中で広がって、これまた美味である。

おせち料理や雑煮を食べ尽くしたのち、昼飯時になると、

「どうする？　ラーメン？　うどん？」

「そうだ、お餅があるね」

しばらくは餅を楽しもう。フライパンで餅を焼き、風船のごとくに膨らんできたら醬油を入れた皿の上に置く。醬油の染み込んだ餅に海苔を巻き、いわゆる「磯辺焼き」で食すのもいいが、私はそこへこっそりバターを差し込む。動脈硬化の気がある私はあまりバターを食べてはいけないのだけれど、ちょっとだけね。熱々餅の真ん中に穴をあけ、そこへバターをちょっとだけ。溶け切る前に海苔で巻き、両手でつまみ上げて、

「あちあちあちち。ふう。やっぱりバターと醬油と餅は合うねえ」

喜んでいると、

「おっと、おっとっと」

下からバターが垂れてくるので要注意。

さらに身体に悪いことをするつもりになれば、そこへ砂糖をちょっと。ちょっとだけね。これもまた美味である。

こうして毎日のように餅を消化しても、なぜか正月用の餅は残る。到来物の餅。購入し

た餅。去年からある真空パック入りの餅。餅がたっぷりあるという幸福感。ただしかし、つきたてと言われていただいた餅はこよなくおいしいかわりに、あっという間にカビが生える。しかしそんなことで捨ててなるものか。餅のカビはこそげて食べれば大丈夫と、幼い頃より教えられて育った記憶がある。本当かどうか知らないが。

四角い餅のカビ取りは、角の部分はピーラーで、真ん中あたりをバターナイフで掘り起こすようにこそげ落とせば難なく取れる。少しいびつになった餅を一つずつラップに包み、冷凍庫に保存する。

これで今年の楽しみが増えた。正月を過ぎてもバンバン餅を食べることにしよう。だって死ぬまでにあと何回、餅が食べられるかわからないからね。

季節外れの餅の魅力は、これまた別格である。たとえばおでんの中から巾着を選び、「お、餅が入っていた！」と発見するときの喜びは、なんであろう。宝物を見つけた気分になる。はたまた鍋料理で最後の雑炊に餅が混ざっていたときの嬉しいこと。米の間に、もち米をついて作った餅が入っているのだから、お腹に収まれば同じことだと思うのに、雑炊の米と雑炊に紛れた餅の味はなぜか異なる妙味に富んでいる。

もち米で思い出したけれど、赤飯のおいしさに目覚めたのは最近のことである。子供の頃、お赤飯は単なる祝い事の印としか認識していなかった。経木《きょうぎ》の折箱にびっちりと詰め込まれた赤飯はたいていいしっとりと冷たくて、すくい取ろうとすると箸が折れそうになるほど弾力がある。一口だけならおいしいけれど、味のない小豆も混ざっているから、ボリューム感があってたくさんは食べられない。そんな印象を長らく抱いていた。

ところがあるとき、ある料亭で供された赤飯がふっくらと柔らかく蒸し上げられ、ごま塩をまぶして口に運ぶとなんとも言えぬいい香りがしたのに驚いた。

お赤飯って、こんなにおいしかったのか。

赤飯のおいしさの秘密はもっちり感にある。そう、もち米のもっちり感。餅のもっちり感。年を重ねると、このもっちり感がこよなく愛おしくなるのはなぜだろう。

先日、若いお母さんが、まだ一歳になったかならぬかの赤ん坊を抱いているところに出くわした。まあ、なんて可愛らしいのでしょ。コロナ禍の中にある今、あまり近づいてはいけない。が、あまりの愛らしさに思わずそのモチモチ腕を触りたくなった。もちろん、触りませんでしたけどね。小さな身体なのになんという太くてモチモチとした腕であろう。眺めているだけで幸せな心地になる。もはや我が身のどこを探しても見当たらぬモチモチ。

そうか、と私はそのとき合点した。モチモチもっちりには、人を幸せにする力がある。だからモチモチ餅を正月に食べるのか。カサカサの手をさすりながら私は誓う。今年は一年じゅう餅を食べてモチモチしよう。

キーウの音色

　突然、キエフがキーウになった。なぜか。キエフはロシア語に由来した呼び名であり、ウクライナ語ではキーウと発音するからだそうだ。もはや敵国ロシアの発音に準ずることはあるまいというのが日本政府の意向らしい。だったら最初からキーウにしてくれればよかったのにと、小さくうなだれる人々はたくさんいるにちがいない。地図製作関係者とか教科書関係者とか、いろいろね。

　キエフだけではない。チェルノブイリはチョルノービリになり、オデッサはオデーサなんだって。そんな急に言われても、今まで馴染んできたこちらの気持はどうしてくれる。昔、アメリカのホテルでCNNニュースを見ていたら、「ジョージアの戦争が大変なことになっている」と解説者が唱えるので、

「え、アメリカのジョージア州で戦争が起こったの？」

　慌てて、拙いリスニング力を駆使して……というか、画面に映る地図や映像を見ているうちに、合点した。

「ジョージアって、グルジアのこと？」

それからまもなく日本でもグルジアをジョージアと呼び始めた。グルジアは、ウクライナのキエフ同様、戦争相手となったロシアの発音だからだそうだ。でも、ジョージアって英語読みじゃないのかと疑問を抱き、調べてみたところ、本国では「サカルトベロ」と発音していることがわかった。だとしたら、グルジアをサカルトベロと変更するのが筋というものだろうに。そうはならないようだ。

ではアメリカのジョージア州とヨーロッパのジョージア国とはどういう関係なのだろう。移民が多く住んでいた場所だったのだろうか。いわば、北海道の北広島市のような感じ？北広島市はそもそも明治時代に広島からの開拓民が築いた村であり、長らく「北海道札幌郡広島村（町）」と呼ばれていたが、大元である広島県の広島と混同するため、北にある広島という意味で、市制施行時の平成八年に「北広島市」と改名したようだ。ジョージア州もそういう成立の経緯であろうと勝手に想像してネットで検索してみたら、ぜんぜん違いました。同じ名前のよしみでそれぞれの州都と首都が姉妹都市にはなっているけれど、歴史的にはなんの関係もないらしい。

と、そんな話をここで展開しようというつもりはない。キエフ（もはやキーウですが）のニュースを見るうちに、切なくもいたたまれない思いにかられつつ、ふと思い出した料理がある。

キエフ風カツレツ。

この料理をはたしてどこで食べたか、記憶が曖昧だ。でもたしかに食した覚えがある。鶏肉のカツレツで、中からたっぷりとろーりバターが溶けて出てくるところがなんともいえず魅力的だ。と言いながら、どこでいつ食べたか覚えていないのだからいい加減なハナシです。

バターコロッケのことは知っている。以前に書いた気がする。あれは私が十代の頃だったか、父に連れられて、北杜夫さんのお宅の隣にお住まいだった宮脇俊三さん（鉄道が大好きな紀行作家）の家を訪れたとき、夫人が作ってくださった。そのとき私も手伝ったのでよく覚えている。スティック状のバターに小麦粉をまぶし、卵液につけ、パン粉をまぶす。一回だけでは中のバターが溶け出す恐れがあるので、二回か三回繰り返す。すなわち、パン粉で包んだバターコロッケをもう一度卵にからめ、上からパン粉をまぶす。それを二回か三回。細長かったバターが三倍ぐらいに太る。それを油で揚げて、皿に盛る。

「お気をつけくださいませ。中からピュッとバターが飛び出して火傷をしますからね」

宮脇夫人の注意を耳に留めながらコロンとしたバターコロッケにナイフで切れ目を入れるや、たしかにピュンと黄色いバターが溶け出して、「うわっ」と食卓に歓声と笑顔が溢れた。楽しくおいしいバターコロッケの作り方を伝授いただき、ウチへ帰って何度か作った思い出がある。

「あのコロッケの話、前に書いたよねえ」

秘書アヤヤに訊ねると、

「バターコロッケ？　初耳です！」

食べることには秀逸なる記憶保持者とおぼしきアヤヤにして、バターコロッケのことは「知らぬ」と仰せになる。はて、書いてなかったっけ？　いやいや、どこかに書いたような……。書庫の前に立ち、拙著をあちこちめくってもいっこうに出てこない。そこで私はひらめいた。

「お父ちゃんが書いていたかも！」

父の『食味風々録《ぷうぷうろく》』の目次を開けると、「ビフテキとカツレツ」という項目があった。ここに記されているだろう。読み進むうち驚いた。残念ながら宮脇邸でご馳走になったバターコロッケには触れられていなかったが、「こんにちまでの長い生涯に私が最も旨いと思ったカツは、実のところある種のチキンカツなのである」というくだりが目に留まった。一九五六年の秋、パリ十六区のアヴェニュ・モザール（モーツァルト街）に、「ニチェヴォ」というロシア料理店があり、父はそこでチキンカツに出合ったという。それこそまさに、キエフ風のチキンカツレツ、「コットレット・ア・ラ・キエフ」であったのだ。

——揚げ立てのこんがりしたのを皿に盛りつけて、給仕がテーブルへ運んで来る。ナイフを入れると、中から熱い液状のバターが勢いよく噴き出して、狐色美しいカツレツのころ

もをじっとり濡らす。それが実に旨かった。(阿川弘之著『食味風々録』新潮文庫より)
その旅から帰国して三年後、中央公論社から「世界の家庭料理」シリーズが刊行される。この料理本シリーズはその後、娘の私もずいぶん愛読したものだが、その西洋料理の部Ⅱにウクライナはキエフ地方の郷土料理として「キエフスキエ・カトレートゥイ」(キエフ風カツレツ)の作り方が出ているのを父は発見し、さっそく「あったぞ、おい」と母に示して作らせたようだ。
謎が解けた。どこかで食べたと思ったのは、一九五九年、すなわち私が小学校に上がる前、母が作ったキエフ風チキンカツの記憶だったのかもしれない。
――というわけで、うちの「選手」(注、母のことらしい)になつかしのパリのチキンカツを作らせてみたが、どうもうまく行かなかった。(同前)
父はその時点で諦めたのか、我が家の食卓にその後バターが溶け出すチキンカツが登場した覚えはない。
こうなったら両親亡きあとではあるけれど、娘が挑戦するしかないだろう。もはや中央公論社刊の「世界の家庭料理」は手元にない。実家を整理していたら何冊か出てきたが、使うこともなかろうと思って処分した。昨今は私でさえ料理のレシピをもっぱらネットで調べる時代になっている。キエフ風チキンカツも検索するとすぐに出てきた。幾種類かある。手羽肉で作るもの、ササミを使うもの、鶏の挽肉で作れというレシピ。比較検討した結果、いざ実践へ。

冷凍庫に鶏のもも肉と挽肉を発見。バター、ニンニク、パセリ、ディル、パン粉、卵はある。まずバターを冷蔵庫から取り出して柔らかくなるまで練った上、みじん切りにしたパセリ、ディル、ニンニクを加えてよく混ぜ、いったん冷蔵庫で待機させる。いっぽう鶏のもも肉は、すりこぎで叩いて薄くのばす。厚みが三ミリほどになったら塩胡椒をまぶし、ほどよい大きさに切り分ける。切り分けたもも肉の上に挽肉を薄く敷く。これはネットレシピに載っていたのではない。私が思いついた。このカツのポイントは、揚げる際、中からバターが溶け出さないようにするところだ。ならば二重の防御策をとればいい。鶏のもも肉だけでは頼りない。挽肉隊の出動を要請する。

「バター姫！　城から出てはなりませぬ。油の大群が待ち構えておりまするぞ！」

鶏肉軍団の防備が万全に整った段階で、先刻練っておいたバターを冷蔵庫から取り出し、スプーンですくい、薄く開いた鶏肉の中央に置く。そして端から鶏肉布団で丁寧に包んでいく。このとき鶏肉が分厚いと上手にバターを巻くことができない。さりとてバターを少量にしてしまうとおいしくないに違いない。この鶏肉布団とバターの分量の塩梅が難しい。

なんとかバターを巻き込んで巨大おはぎのごときかたちに収めたら、まわりに小麦粉をまぶし、卵液にひたし、パン粉で覆う。が、どうも一回だけでは危うい予感がする。バターコロッケのように卵とパン粉を二重にしてみるか。巨大おはぎが焼き芋並みの大きさに膨らんだ。少々可愛げがないがしかたあるまい。

さて、いよいよ油で揚げる。平鍋に油を二センチほどの深さに引き、揚げ焼き方式で臨むことにした。ほどよい温度になった油にコロンとまとまった鶏肉焼き芋をそっと入れる。ジュージュージュー、カラカラカラ。バターよ、出てくるな、出てくるなよ。ヒヤヒヤしながら、しだいに狐色に変貌していくかたまりを見つめ、ときどき箸で転がして、全体がこんがりするまでなんとか爆発させず、無事に揚げ切ることができた。

皿に盛り、食卓へ運ぶ。ナイフとフォークを握り、真ん中から恐る恐る二分する。はたして中からジュワーリジュワリ。ニンニクの香りも高らかに、パセリとディルの緑色を装った黄色いバター液が溶け出した。と、そこまではよかったが、鶏肉がまだ生揚げではないか。

「どうしよう……」

「電子レンジでチンしてみれば？」

家人や秘書の見守るなか、急いで電子レンジへ投入し、二分ほどチン。今度はじゅうぶんに火が通った。ただ、せっかくジュワーッと出てくる予定だったバターソースがすでに皿に流れ落ちている。

「なんか、ちょっと感動が薄い」

「うん、味も薄い」

そのとき思いついた。多めに作っておいたハーブバターをスプーンですくってチキンカツの上に載せてみよう。アツアツのカツの上でバターがとろりと流れ落ちる。その寸前に口へ運び、

「なんと！　おいしいじゃないの！」

ということは、苦労してチキンの中に詰め込まずとも、揚げたてカツの上にハーブバターソースをたっぷりかければいいのではないか。そんな身も蓋もないことを呟いたら、頭の中で父の怒声が響き渡った。

「バカ言っちゃいかんよ。中からジュワリとバターが溶け出すところが旨いんだから」

どうか一刻も早くウクライナに平和が訪れますように。そしていつか美しいキーウの街を訪れて、本場チキンカツレツから飛び出すバターに驚いて、みんなで大笑いしたいです。

だいたい伝授

ＮＨＫの料理番組に出演した。平野レミさんと一緒に、それぞれ「我が家の神ストック」なるものを紹介するという趣旨である。

レミさんちの神ストックは、母上から受け継いで進化させた万能だれ、通称「レミだれ」というもので、レミさん曰く、

「これさえあれば、煮物も炒め物も簡単。そうめんつゆにも、そばつゆにもなるの。とっても便利。百年持つよ、百年！」

百年は持たないと思うけれど、冷蔵庫に保存すれば一年は持つらしい。材料は濃口醬油と淡口《うすくち》醬油と干し椎茸、削り節、みりん。それらを合わせてひと煮立ちさせ、最後にカツオの削り節をたっぷり加えて作る濃厚だれである。これは常備しておく価値おおいにありと合点した。

さて、対する私はいったい何を「我が家の神ストック」として紹介すればいいのか。事前の打ち合わせにてスタッフと相談した結果、「鶏ガラスープ」に決まった。とはいえ、

は私自身の趣味であり、母から娘の私に伝授されたものではない。「鶏ガラ」でスープを取るのは私自身の趣味であり、母から娘の私に伝授されたものではない。仕事に追われて料理を作る暇も意欲もなくなったとき、このスープさえあれば生きていけると心に決めたサバイバルスープである。ただ、私が子どもの頃、母がときどき作ってくれた「鶏飯《とりめし》」という料理があり、それをこのコロナ禍で思い出し、鶏ガラスープを使って作ってみたところ、なかなかおいしく仕上がった……ということはこの連載にも以前書いたが、その話をスタッフにしたところ、「それで行きましょう！　神ストックの鶏ガラスープを使って鶏飯を作りましょう！」という流れになった次第である。

ただ、鶏飯だけでは「神ストック」の名がすたるので、スタジオでは鶏飯に加えて「香菜やネギなどの薬味を浮かせた澄ましスープ」を作ることにした。ちなみに鶏ガラスープを使う他のメニュー案として、スープかけご飯とか中華粥とか、ソーメンを使って作る煮麺《にゅうめん》とかも申し出てみたが、

「いや、今回は鶏飯とシンプルスープで、シンプルに行きましょう！」

ということで落着。なんだ、たった二品でいいのね、と心の中でかすかに安堵する。

テレビで料理を作るのは初めてではない。料理番組そのものでなくとも、トーク番組中に私が得意料理を紹介するコーナーが設けられ、エプロン姿でガス台の前に立ち、ニラ豚炒めを作ったことがある。朝の生放送の番組で、限られた時間内に作り上げ、出演者の

方々に試食していただかなければならない。緊張するのは私より、むしろスタッフのほうだったと思われる。作り方の手順をいい加減に唱えながら私がちょっと動くたび、カメラに映らないところで料理スタッフが俊敏に、菜箸や皿を差し入れたり使い終わった調理道具を引っ込めたり、手拭きをそっと傍らに置いてくれたり、その見事なテキパキぶりに助けられ、あっという間にできちゃった。

テレビに映らないとはいえ、どんな味に仕上がったかと、ついウチでやる要領で菜箸を使って鍋からつまみ上げ味見をし、「あ、もう少し醬油を足しましょう」なんて言いながらお皿に盛った。その瞬間を見逃さなかったのは、三谷幸喜さんである。

後日、電話があった。

「観ましたよ、アガワさんの作るニラ豚。おいしそうでした。でもアガワさん、口に入れた菜箸を、そのまま鍋に戻しましたよね」

呪いのような声色で脅されて、落ち込んだ。

はたまた別の番組にて。

「ではいただきましょう！」

箸を持ち、料理を口に入れ、

「うん、おいしいですね！」

料理の感想を言って無事に番組収録が終わるまでは平和だったが、数日後にオンエアを見てみたら、食べる瞬間の自らの口元の汚いこと！　唇を不細工に突き出し、しかも唇の上には縦皺がいっぱい寄っている。なんたるばあさん顔！　そのときも深く落ち込んだ。

食に関わる所作は、どれほど気取ってみてもその人間の素が表れる。普段ならさほど気にならないことも、テレビという四角い箱の中に収められると、その欠点が強調される。というか、普段、鏡の前で食事をすることはないので、自分の食べ方をチェックしない。まさかこんな食べ方をしていたとは知らなかった。

口の上の縦皺はまあ、寄る年波のなせる業と諦めたとしても（なかなか諦めがたいものはあるが）、箸の取り上げ方、握り方、口の開け方、皿の持ち方、ナプキンの使い方……。その人間の育ちが如実に露呈される。さりとて急に上流階級風を装ってみたところで、身についていないことは即座に知れる。

二十代の終わり、初めてテレビに出演したとき、海外レポーターとして食事をするシーンを撮影された。その番組を観ていた友達から、「アガワって、先に舌を出して食べるんだね」と言われて驚いた。自覚はなかった。私はトカゲか!?　そのことを気に病んでいたら、別の知人から、

「舌から先に食べようとするって動作は食いしん坊の証拠であって、別にマナー違反ではないよ」

慰められたけれど、いずれにしてもあまり美しい食べ方とは言えまい。そのときも反省

した。

箸の持ち方については四十代の頃、妹尾河童さんに注意されて以降、修正した。それまで私は箸の中間より先端に近い場所を握っていたらしい。自覚はなかったが、その心を分析するに、できるだけ食べものに近づきたい意識の表れではないか。その様子を見ていらした河童さんが、

「君ね、もう少し上を握るようにしなさい。そのほうがエレガントだよ」

幼い頃から何気なく続けていた習慣を直すのは難しい。しかし直そうと思えば直るものだ。そのことを知ったのは河童さんの指摘のおかげである。

今回のレミさんとの試食タイムでは、「舌を先に出すまい」、「箸の持ち方に気をつける」、「口の上の縦皺はできるだけカメラに撮られないよう手で覆う」など、一通り意識して臨んだつもりである。が、まだオンエアを観ていないから自信はない。それより試食タイム以前の、調理タイムが大変だった。

自慢じゃないが、私の料理は総じて「だいたい」なのである。事前にスタッフから、「調味料の分量は？」と問われるたび、言葉に窮した。料理本やネットのレシピを見るとき以外はいちいち量って作ったことがないからだ。「だいたい」の分量を入れて味見をし、明らかに「ちょっと足りないかな」と思ったら足すが、たいていの場合は薄目に作る傾向がある。食卓で食べてみて、「薄い」と思えばその時点で醤油や塩を加えて調整すればよ

い。濃すぎるよりましだろう。しかし料理番組では、視聴者の皆様に作り方をきちんと伝える義務がある。だから分量は決めなければならない。これが問題だ。結局、「だいたい」の分量を決めて、なんとかしのぐことにした。が、根が「だいたい」人間であるから、いざスタジオで作るとき、手順も「だいたい」になってしまう。

「続いて炒り玉子ですが、まず卵を三個、ボウルに割り入れて、よくかき混ぜたらそこへ酒大さじ二分の一（まあ、だいたいね）、砂糖と醬油を各小さじ一（砂糖はやや多めかな）、塩少々（少々というかほんのちょっと）を加えてよく混ぜ、フライパンに流し込み……」

というところで目の前のディレクターが不穏な動きをした。何事ですか？

「油！　サラダ油！　入れ忘れましたよ！」

囁かれる。が、ときすでに遅し。卵、入れちゃったし。撮り直しですか？　ディレクターを見上げると、隣からレミさんが、

「まあ、テフロンのよくきいたフライパンなら油はいらないからね」

一言、添えてくださった。さすがレミさん、突発事故に慣れておられる。

「そうですね、テフロンがきいていないフライパンの場合は少し油を入れたほうが焦げつかなくていいですよ」

私も一言加えて難を逃れた。

スリルに満ちた瞬間を繰り返しながらなんとか私の「鶏飯」調理パートを撮り終えたも

のの、胸のドキドキが収まらない。いったい自分がどういう順番で作業し、どれを入れてどの説明をきちんとしたのか、しなかったのか、もはや脳みそがぐちゃぐちゃになっている。

もちろん、優秀なフードコーディネーターの皆さんがカメラの陰でしっかり補助してくださって、下ごしらえが万全になされているから大きな失敗はないはずだが、その分、あっという間にコトが運びすぎて、作った実感が薄い。

しかも、声を潜めて書くけれど、ＮＨＫの料理番組は、昔から「収録番組」を「生番組」同様に撮ることで有名なのだ。つまり余分にカメラを回さず、放送時間分だけできっちり撮り終えることをモットーとしている。だから、「はい、本番！」と声がかかったら、「終了！」まで、ほとんど「生番組」だと思いながら動き、喋らなければならない。たとえば調理作業が予定より手間取った場合、その次の場面で「巻き」が入る。「残り時間が少なくなりましたので急いでください」という意味だ。今回も途中で、「レミさんとのお喋りは短めに！」という指示が飛んできた。出演者としては油断がならぬ。しかし番組に臨場感が生まれるというメリットもある。オリンピック選手並みの気合いが入る。気合いが入りすぎて、フライパンに油を注ぐのを忘れた。そして撮り直しはなかった。

レミさんと私それぞれの調理を終えて最後に試食の時間になったとき、私はレミさんの作った「レミだれを使った『嫁いり豆腐』」を試食し、レミさんは私が作った「鶏飯」を召し上がった。もちろん嫁いり豆腐は完食するほどにおいしかったが、不安なのは私の作った「鶏飯」の味である。はたして味は足りていただろうか。あるいは濃すぎてはいないか。「以上で収録おしまいです！」の声がかかった途端、私は目の前に並んでいた「鶏飯」の具に自らのスプーンを伸ばそうとした。もう撮影が終わったと思ったからね。どれどれ、どんな味になったかしら……、とその瞬間、

「あ、それ、触らないでください。これからブッ撮りしますんで」

カメラマンに止められた。私は危うく、「完成形」として撮影すべき、きれいに盛られた「鶏飯」をぶち壊すところであった。

こうして私は自らが披露した「鶏飯」の味見をするチャンスがないまま番組収録を終え、スタジオをあとにした。この場を借りて、万が一、その番組を観た方にお伝えします。分量は「だいたい」ですからね。どうかご自分で調整し直してくださいませね。

本場への旅

円安が進み、物価は上がり、なんだか日本（日本だけじゃないけれど）は鬱々とした時代を迎えようとしているかに思われる。ようやくコロナ自粛生活から解放されて、そろそろ海外旅行ができるかしらと期待していたのに、「どこへ行っても高い高い！」という海外旅行先駆け組の情報が耳に届くにつれ、旅の夢はますます遠のくばかりなり。

「なんたって、ハワイでラーメン一杯が三千円以上するんだぞ」

へえと驚いて見せながら、どこか釈然としない。せっかくハワイまで行って、なんでラーメンを食べるんだ？

昔から私はこの件に関して懐疑的である。長期にわたり日本を離れるのなら話は別だ。故郷の食べ物が恋しくなり、懐かしの味と比べれば劣るとわかっていても日本食の店に足が向くのは無理もない。が、たった数日間の旅に出て、日々の鬱屈から解放され、身も心もリフレッシュする絶好のチャンスだというのに、なぜ日常の味を求めるのだ、君たち！

「いやいや、最近は海外にもおいしいラーメン屋があるんですよ」

「やっぱり酒を飲んだあとはラーメン食べたくなるんですって」

そう弁明するのはたいがい殿方である。概して男どもは食に保守的だ。偏見かもしれないが、そんな気がする。

かく言う私は海外旅行に出たら、まずその国の、その土地の人々が「おいしい！」と太鼓判を押す本場の料理を食べてみたい。もちろん異国人である私の舌に馴染まない場合もあるだろう。体調を崩すこともある。それでも一度は挑戦したい。同じ地球に住む同じ人間ではないか。たとえ生まれ育ちが異なれども、その土地で「おいしい！」と人々が好んで食べているものは、きっと「おいしい！」に違いない。

内モンゴルを旅したときのこと。モンゴルの人々にとって「おいしい！」ものはもっぱら羊肉であった。どこへ行っても羊。何を食べても羊。そのうち汗が羊くさくなり、だんだん自分が羊と化していくのではないかと想像したほどだ。しかし私は決して羊肉が嫌いではない。羊肉はおいしい。ことに羊しゃぶしゃぶは大好物と言っても過言ではない。子羊の丸焼きを、アルコール度の極めて高い蒸留酒アルヒとともに口に入れたときは感動した。見事な味わい、これぞ文化というものよ。

ただ、その旅の途中で豪華なレストランへ案内され、そこで供された「らくだのつま先」には仰天した。

「当地の珍味です。大変高価なものです」

そう説明され、どれどれと口に運んで歯の間に収め、グニューと噛み締めた瞬間、脳天を突き抜けるかのような野性味溢れる匂いに思わず失神しそうになった。見た目はいわば、豚足のようである。らくだの分だけ大ぶりの丸い形状をしたコラーゲンのかたまりだ。珍味と言われる理由もよくわかる。しかし「おいしい!」と申し上げる余裕はなかった。

以来、私はあちこちのレストランにて、店の人に「なにかお苦手なものはございますか?」と問われるたび、

「らくだのつま先とゾウの鼻。それ以外、苦手とするものはありません」

そう答えることに決めている。たいがい笑われる。さすがにそのようなものは当店ではお出ししませんのでといった表情である。

実は「ゾウの鼻」はだいぶ昔に日本で食した。行きつけの小さな中華料理屋で、店主から「食べてみる?」とさりげなく差し出された小皿には、乾燥肉のようなものが載っていた。前菜にサービスされたのかと思い、一口かじって、

「なあに、これ?」

問うと、

「それ、ゾウの鼻」

たちまち私は噛むのをやめて無理やり飲み込んだ。味はどうだったかと思い出すに、ほとんど覚えていないが、「おいしい!」という部類のものではなかった気がする。

しかしあれは本当に「ゾウの鼻」だったのだろうか。もしかしてからかわれたのではあるまいか。確かめたくとも、その店の店主はもうお亡くなりになって久しく、問い合わせる手立てもない。

海外で食べたものの話であった。改めて申し上げるまでもなく、私は食い意地が張っている……と思う。が、何でもかんでも食べてみようと果敢に挑むタチではない。その点、悪友ダンフミはあの繊細そうな顔で、何でも平然と手を伸ばす。

台湾を旅したときのこと。台湾はどこへ行っても何を食べてもおいしくて、というか私の口に合うらしく、狂喜乱舞の日々だった。嬉々としてあちこちを食べ歩いた末、ダンフミともども夜市へ赴いた。妖しいライトに照らされた市場には、洋服、鞄、雑貨の店などに混ざってたくさんの屋台も軒を連ねている。胃袋を刺激するスープや香料の匂いがあたりに溢れ、人混みに圧倒されつつも、財布の入ったバッグをしっかり抱えてじわじわ、キョロキョロ、徘徊する。ふと見ると、小さな網の上に串刺しにされた焼き鳥のようなものが並んで煙を上げている。

「あら、これなんだろう」

とはいえ、とうてい鶏ではなさそうだ。もっとその、細長くて白っぽくて……。

興味を示す我々に向かい、店の若者がひと串取り上げて、どうぞどうぞというジェスチャーを示す。私は躊躇した。しかしダンフミは怯《ひる》まなかった。怯むどころか積極的にその

串を手に取って、

「これ、イナゴかしら？　違うかな」

疑問を呈しながらもさっさと口に放り込んだ。イナゴかどうかは知らないが、明らかに虫のたぐいだ。「あなたも食べなさいよ」と勧められたが丁重にお断りした。きっとお腹を壊すぞ。そう予言したにもかかわらず、ダンフミは翌日になっても下腹部を押さえて悶絶することなく、元気に歩き回っていた。

ああ、あの旅が懐かしい。串刺し以外はすべてもう一度食べてみたい。油条《ヨウティヤオ》（甘くない揚げパン）をのせた豆乳朝食。薬味たっぷりの台湾火鍋。小籠包《ショウロンポウ》。ちまき。家庭的中華料理。ビーフン、ルーロー飯、その他各種の麵、麵、麵。そして高貴な香りの凍頂烏龍《ウーロン》茶に珍しい果物の数々。東京にも台湾料理の名店は数々あれど、やはり本場台湾で再びあの味に出合いたい。

本場の味に出合いたいと恋い焦がれ、ベトナムへフォーを訪ねて行ったこともある。そもそもフォーを初めて知ったのはそれよりだいぶ昔、アメリカの首都ワシントンでのことだ。

その店は正確に言えば、ワシントン市内でなく、キーブリッジを渡ったバージニア州アーリントンにあった。名前は「PHO75」、フォーの専門店である。人けのまばらな、がらんとした空き地の奥に小さな店らしきものが何軒か並んでいた。こんな閑散とした場所においしい店があるのかしらと疑いながら扉を開けると、体育館のような広々とした部屋に六人掛けできるほどの大きな四角いテーブルがいくつも並び、多くの客で賑わっている。社食のようなその空間でようやく席を見つけ（もちろん相席）、座るとほぼ同時に店員がメニューを差し出す。そこには肉の種類が山ほど記されている。ミートボール、アイラウンド（牛もも肉）、フォアシャンク（牛すね肉）、チキンなど。えー、どれがいいかなあと迷った末に一つを選んで告げると、「ラージ　オア　スモール？」と聞かれ、「スモール」と答えると店員は去って行った。まもなくスモールらしき丼に茶色いスープを張って上に肉の載ったフォーが運ばれる。同時にもやしとミントと香菜《シャンツァイ》の山盛りされた皿が供される。味付けは、テーブルに置かれた調味料の醬油、ナンプラー、ホットチリソースなどを各自好きなように振りかけるシステムだ。その自由さとおいしさに魅了され、さらに食後に飲むベトナム風アイスコーヒーにはまり、ワシントン滞在中、何度通ったことだろう。

　帰国したのち、私は決意した。このおいしいフォーを求めて本場ベトナムに行かなければ。数年後、願い叶って、なぜかまたもや悪友ダンフミと旅に出た。

　ベトナム滞在中、四回ほどフォーを食したのだが、その結果、合点した。

「フォーは、ワシントンに限る！」

　ベトナムで食べたフォーがおいしくなかったわけではない。じゅうぶんにおいしかったと思う。が、私の胃袋にはあの「PHO75」の味が深く染み込んでしまっていた。現にべトナムだけでなく、日本でも、あるいはニューヨークでもフォーを出す店へ行き、確かめたのだが、やはり「PHO75」のトップの座は揺らぐことがなかった。

ワシントンには丸一年暮らした。三十年前のことである。その間、日本から何人もの友だちが私を訪ねてきてくれた。一人で来る人、仕事がらみで来る人、夫婦で来る人。そのたびに私は自らの車を駆って観光案内役を務めた。国会議事堂、ホワイトハウス、リンカーンメモリアル、ジョージタウン、スミソニアン博物館などを巡りつつ、ランチタイムが近づくと、私はハンドルを握りながら問いかける。

「お昼はどうします？　ベトナム麺のおいしい店があるんだけど、どう？」

「いいですねえ。行きたい行きたい！」

私は得々とハンドルを切り返す。

昼食後、午後の観光を再開し、夕方近くになる。

「晩ご飯、何が食べたい？」

「うーん、そうだなあ」

「チャイナタウンはどう？　日本の中華とはまたひと味違って、おいしいよぉ」

「いいですねえ」

こうして私はまたハンドルを切る。

数日後、我が友が日本へ帰る段となる。そのときに、初めて告白されるのだ。

「お世話になりました。楽しかった。ただ一つ心残りは、アメリカの本場の食べ物をぜんぜん食べられなかったこと」

「あら、そうだっけ？」

「だってアガワさん、何が食べたいって聞いてくれるけど、結局、行くのはアメリカ食じゃない店ばっかりだったもん」

うーむ。たしかにね。だって「おいしい！」を優先すると、あの町ではどうしても異国の料理となってしまう。アジアのみならずキューバ、エチオピア、イタリア料理の名店もわんさかある。もちろんハンバーガーのおいしい店もあるけれど、お連れしそびれた。なぜかしら。本文冒頭にて主張していたことと違うじゃないか、アガワ君。叱られそうだ。でも日本料理屋にはお連れしませんでしたでしょ。

リモート葬儀顚末《てんまつ》記

二〇二〇年五月の半ばに母が他界した。享年九十二。幸いにして新型コロナ肺炎によるものではなかったが、入院先の病院で小さな脳梗塞を起こし、そののち少しずつ体力を失って、最期は静かに息を引き取った。

と、ここで母の死亡報告をするつもりはない。先日、「週刊文春」の連載対談で、諏訪中央病院名誉院長である鎌田實氏とリモート対談をしたおり、今回のコロナ禍における高齢者ケアが話題になった流れで、「実は私の母が先日、亡くなりまして。リモート葬儀というものを初めて経験しました」と話したところ、鎌田さんだけでなく「週刊文春」編集部からも関心を寄せられ、「是非、そのリモート葬儀について書いてほしい」と依頼を受けた。

他人様《ひと》に自慢するような話でもないが、たしかに今、よりによってこんな時期に大切な人を失った人々が、たとえその原因が新型コロナ肺炎でなかったとしても、多人数の集まる通夜や葬儀を極めて行いにくい状況にあることは事実である。そこで、同じような事態に直面した方々の、あるいは家族の介護に苦戦している人々の、ささやかな気づきになるのならばと思い、書くことを決めた次第である。

母が最初に認知症の兆しを見せたのは十年近く前のことであり、その頃は父もまだ存命であった。モノを忘れることに関しては父より先んじていたが、その進行は比較的遅く、加えて母は小柄ながら身体が丈夫だったのか風邪にもインフルエンザにも罹ることなく父亡きあとも平穏な暮らしを続けていた。

長年にわたり、亭主関白であった父に仕え、ずいぶん苦労した母が、認知症になったら積年の鬱屈が反動となって性格が荒れるのではないかとかすかに危惧していたが、そういう症状もいっさい表れることなく、呆けてますます素直に明るくなっていった。父が亡くなったことすらときどきケロリと忘れる始末だ。脳のトレーニングになるのではと母の家を訪れた際など、「たまには母さん、ご飯作ってよ」と甘えてみると、

「私？　作るの？　疲れたから明日にする」

穏やかにぴしゃりと拒否をして、さっさと自分のベッドに潜り込んでしまう。

「なんでそんなに忘れちゃうの？」

同じ質問を何度も繰り返す母に閉口し、あるとき問い質すと、母が口を尖らせて言い返してきたことがある。いわく、

「覚えていることだってあるもん」

「じゃ、なにを覚えているのかな？」

するとは母は、しばらく考えてから、

「なにを覚えているか、今ちょっと忘れた」

これだけ会話に機転を利かせることができるのは、ひょっとして脳が元気な証拠ではないかと思ったほどである。

次第に壊れていく母を見るのは辛いことではあるけれど、その忘れ方がまことに愉快で、呆れながらも笑わせられることのほうが多かった。

ちなみに娘の私は母と同居していたわけではない。古くからの知己であった七十代の女性が、母の家に泊まり込んで愛情を込めて世話をしてくれたおかげで、私ときょうだいはシフトを組んで、週に一、二回、宿泊見守り当番を交代したり病院へ連れて行ったりする程度の介護状況であった。そんな生活が滞りなく続いていたのだが、二〇一九年の暮れあたりから母の足元が覚束なくなり、自宅で生活をするのに危険を伴う心配が生じたため、子供たちで協議をした結果、

「寒い時期だけでも病院に預けようか」

こうして、二〇二〇年の一月半ば、新型コロナ騒動がここまで拡大する以前に、ショートステイのつもりで母を高齢者専門病院へ預けた。父が最期の三年半を過ごしたよみうりランド慶友病院である。

その後、新型コロナ問題はどんどん深刻化していった。母を自宅へ戻すタイミングを失い、そのまま病院にお世話になっていたところ、二月の末に軽い脳梗塞を起こし、それに端を発して少しずつ身体全体が弱り始めた。そして、あらゆる高齢者施設は面会を禁止する措置を取るようになり、その例に漏れず、母の見舞いもままならなくなった。

私は四人きょうだいで、弟の一人はアメリカのロサンゼルスに長く住んでいる。母が脳梗塞を起こした直後は、遠いアメリカから駆けつけてきて、母のケアをずいぶんしてくれた。その頃はまだアメリカがパンデミックを起こす前だった。母の容態が落ち着いたのを見て弟はロスに戻ったが、その後のアメリカのコロナ状況の急速な悪化は周知の通り。ますます日本へ帰ることが難しくなった弟は、アメリカから直接、母のいる病院へ電話をし、一つの提案を試みた。

「オンラインお見舞いということは可能性として考えられないですか？」

弟にしてみれば、きょうだい間のやりとりや正月の挨拶などもビデオ電話で顔を見ながら会話するのはすでに定例になっていたので、病室と家族をオンラインで繋げれば、とりあえず顔色を見たり簡単なお喋りを交わしたりすることができるのではないかと思いついたのである。ただ、その時点では、よみうりランド慶友病院側もまだオンライン見舞いは実践しておらず、「検討してみます」との返事だったと弟からＬＩＮＥで報告があった。

それを聞いた姉の私は焦った。すぐさま病院へ電話をし、アメリカに住む弟から電話があったそうですが、どうもすみません、この大変な時期にご面倒をおかけするようなことを言ったようで。もちろんそういう面会の方法ができたら家族としては嬉しいですが、コロナ対策でさぞや大変な毎日を送っておられるとお察しいたします。このパニックが過ぎてのちに余裕ができてからご検討くださいというようなお願いとお詫びをした。そして、弟にも、私から病院に電話をしたことを伝えたところ、たちまち弟の怒りが爆発した。

「まるで子供が悪さをして保護者が即座に謝りの電話を入れたようなものだ。心外である。自分は至極丁寧に、謙虚に提案したまでのこと。病院側も終始とても穏やかに僕の話を聞いて、理解してくださっている印象だった。姉にそんな謝罪をされる謂《い》われはない！」

一方の私としては、

「とりあえず謝るのは当然だろう。今、病院はピリピリ状態である。そんな時期に新たな試みに対応する余裕なんてないと思う。提案自体は悪いと思わないが、このタイミングは迷惑になるに決まっている！」

姉の私が極めて日本的な考え方だったのに対し、弟は、「いい提案ならば率直に申し出ることは必要だ」と、長年のアメリカ生活の経験を踏まえて行動したのだと思われる。こうしてしばらく姉弟の冷戦状態が続く。

するとまもなくして、病院側から連絡を受けた。

「あのー、先日のご提案に沿って、一度、リモート面会を試みたいのですが、いかがでしょうか」

病院は弟の申し出を受けた後、院内で検討した結果、グループＬＩＮＥのビデオ通話機能を使って病院と家族を繋ぎ、その画面をモバイルパッドに上げ、病室にいる患者の前に差し出す方法を見出してくださった。その結果、

「おお、母さん、顔色いいじゃない？」

「母さん？　見える？　佐和子だよぉ」

突然、母の顔がスマホ画面に現れた。母の反応は極めて鈍くはあったものの、家族にとっては久しぶりに見る「動く母の姿」であった。それまではときおり、病院に電話をして担当医や看護師長さんに体調を知らせてもらったり食欲状況の報告を受けたりしていただけだったので、やはり実物の母が画面に映ったときは、まったく違う安堵感が生まれた。

その後、当院でのリモート見舞いは少しずつ広がったと聞いている。同じ病院にご両親を預けている友達から連絡を受けた。

「ウチでもリモートお見舞いをやったの。本当に嬉しかった。父が思ったより喋ってくれて、涙が出ちゃった」

後日、病院に改めてお礼の意を伝えると、

「院内感染の脅威にさらされて大変な時期であるのは事実ですが、こういう時だからこそ、

新たな試みは重要なんです。やるなら今でしょって勢いで取り組みました。貴重なご提案をありがとうございました」

と言っていただいた。この場を借りて、弟に謝ります。ごめんね。

リモート面会は可能になったものの、母の容態は少しずつ悪化していった。とうとう危篤めいた知らせを受け、これは〝有要有急〟の事態ゆえ、できるだけ早く病院に来て下さいと言われたので、その日の夕方、マスクをして恐る恐る母の病室を訪れると、末の弟がすでに到着していた。

母は酸素マスクを当てられて呼吸をしていた。はっきり通知されたわけではないが、おそらくその夜、山場を迎えるであろうことは察知された。末弟と相談し、ロスにいる弟にスマホのビデオ電話で繋ぎ、

「こんな感じ。でもまだ頑張ってるよ」

ロスの弟は画面の向こう側から大声で母を呼んでみるが、返答なし。しかし、私にしても弟たちにしても、酸素マスクの中で必死に呼吸をしている段階から最期の一呼吸を終えるまで、およそ七時間あまりを丹念に見守るという行為には大きな意味があったように思う。すでにほとんど意識のない母にとってどれほどの安堵に繋がったかはわからないが、看取る側として、その場にいるといないとでは大きな納得の差があることを知った。

五年前、父が亡くなったとき、私は臨終の瞬間に立ち会えなかった。だからかどうかは

わからないが、父の死を受けて私は思いの外《ほか》狼狽し、泣いた記憶がある。が、母のときは、最期の瞬間もその後の葬儀においても、さほど涙は出なかった。おそらく母の死のほうが私にとっては悲しみが大きいと予測していたにもかかわらずである。それは、次第に生命が失われていく過程を刻一刻見届けることができたという納得の力ではなかったか。

母が息を引き取って、たちまちその後の対処が次々に襲いかかってくる。この緊急事態宣言下にどこまで何ができるか。きょうだいで相談した末、可能な限り小規模に葬儀を執り行うことを決めた。親族も高齢者が多いため、通知だけして葬儀には呼ばない。参列するのは四人のきょうだいとその家族にかぎる。

しかし、ここで問題はロスに住む弟はどうするか。相談したところ、本人はなんとしても参列したいと言う。ただ実際には、ロスから飛行機に乗って成田空港に到着することができたとしても、その後、どれぐらい成田で足止めを食らうか。ＰＣＲ検査を受けるためにどれほど待たされるか。なんとか成田を脱出できたとしても、二週間の自主的隔離が必要なため、とても現実的な話ではない。

最終的には「参列できないかわりに、お寺のご住職に頼んで本堂にパソコンを持ち込み、リモートで葬儀を実況中継する」という代案を持ち掛け、そこで合意となった。

こうして通夜から翌日の葬儀に至るまで、父が眠る墓があるお寺の本堂の、母の祭壇を中心に本堂全体を見渡せる位置にパソコンを設置した。総勢九人がまばらに座るなか、ご住職の読経の低い声と、外で高らかに鳴くウグイスの声を聞きながら、一同、厳かな気持で手を合わせる。やや高い位置に設置されたパソコン画面には、喪服に身を包んだ弟が妻と中学生の次男と並んで正座をしている姿がある。さらに、弟の長男はカリフォルニアの別の場所から参加してくれた。

あとで聞いたところによると、ロスの弟はパンデミックの中、日本式の線香をなんとか入手して、パソコン画面の前で家族ともども焼香をしたという。最初はこちらのパソコンを誰かに抱えてもらって、ロスの弟の番が回ってきたら本物の焼香台の前でエア焼香をしたかったらしいが、日本側のきょうだいが、「こちらの焼香に集中できないから却下」した。

それでもロスの弟一家は、定点カメラの映像とはいうものの、一連の読経風景も家族の焼香の様子も、そして納棺のとき、子供たちが母の顔のまわりに花を手向ける流れまでをすべて目に留めることができた。

実はご住職が葬儀を始めようとした矢先に、通信の不具合が生じ、パソコンに詳しい末の弟が焦りながら調整をしていると、

「たぶん別のＷｉ‐Ｆｉを試したほうがいいかも。僕の携帯でテザリングしましょう」

三十代の甥の一言で、私にはチンプンカンプンわからぬうちに、なんとか繋ぎ直すことができた。リモート葬儀をするときは、なんといっても若くてネット事情に詳しい親戚、

あるいはスタッフがいることは必須と思われる。

無事に葬儀を終え、ご住職に向かって特別のお計らいに感謝したところ、

「私も大変いい勉強になりました。まさにこういうリモート葬儀をやらないと、これからは寺もダメだぞと思っていたところ。初めて実践することができてありがたかったです」

と、却って喜ばれた。

会議、対談、授業、打ち合わせ、テレビ出演、飲み会に至るまで、あっという間にリモート方式が世間に浸透し、それぞれにメリットとデメリットがあるとは思う。が、新型コロナ禍のみならず、この高齢者溢れる時代において、大切な人の葬儀には、行きたいけれど体力がない、足が動かない、長時間座るのが辛いなどの困難を抱える人はさらに増えていくだろう。ことリモート葬儀について申し上げるならば、味気ない、誠意が伝わらないと思う方もおられるだろうが、「新しい生活様式」の一つとして考慮する意味はあるのではないか。

さらに高齢者施設とのリモート面会の効果は、親を預けている家族にとってどれほどの負担軽減と安心に繫がるかと想像する。私のようなアナログ人間や保守的な組織はつい、前例のないことには慎重になりがちだが、なんのことはない、一度実行してみれば、「こんなに簡単だったのか」と驚くこと請け合いである。新型コロナには酷い目に遭ったが、こういう危機的状況でも起きないかぎり、きっと気がつかなかったにちがいない。

はたして母はどういう感想を持っただろう。パソコンに映る弟の姿を見て、「あんた、どこにいるの？　ヘンな顔」とか言ってケタケタ笑っていたかもしれない。

初出　「波」（新潮社）２０１８年６月号〜２０２２年２月号の連載
「やっぱり残るは食欲」より抜粋し、順番を入れ替えるなどした。
「リモート葬儀顛末記」は「週刊文春」２０２０年７月２日号掲載

装画　荒井良二
装幀　新潮社装幀室

母《はは》の味《あじ》、だいたい伝授《でんじゅ》

著 者

阿川佐和子《あがわさわこ》

発 行

2023 年 2 月 25 日

発行者 佐藤隆信

発行所 株式会社新潮社

〒162-8711 東京都新宿区矢来町 71

電話 編集部 03-3266-5411

読者係 03-3266-5111

https://www.shinchosha.co.jp

印刷所

大日本印刷株式会社

製本所

加藤製本株式会社

乱丁・落丁本は、ご面倒ですが小社読者係宛お送り下さい。
送料小社負担にてお取替えいたします。
価格はカバーに表示してあります。

ISBN978-4-10-465523-6 C0095